跨越海峡的爱情

《台声》杂志 2014—2017 专栏作品集

两岸一家亲

易靖茗 著

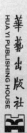

华艺出版社

HUA YI PUBLISHING HOUSE

图书在版编目（CIP）数据

两岸一家亲 / 易靖茗编著 . — 北京：华艺出版社，2017.8

ISBN 978-7-80252-614-3

Ⅰ.①两… Ⅱ.①易… Ⅲ.①纪实文学—作品集—中国—当代 Ⅳ.① 125

中国版本图书馆 CIP 数据核字（2017）第 205053 号

两岸一家亲

著　　者	易靖茗	
总 策 划	窦为龙	
出 版 人	石永奇	
责任编辑	郑再帅	
特邀编辑	高　伟	
封面设计	徐道会	

出版发行	华艺出版社
社　　址	北京市海淀区北四环中路 229 号海泰大厦 10 层
邮　　编	100083
电　　话	010–82885151
电子信箱	huayip@vip.sina.com
网　　址	www.huayicbs.com
印　　刷	廊坊市旭日源印务有限公司
开　　本	787mm×1092mm　1/16
字　　数	250 000
印　　张	17.5
版　　次	2017 年 8 月第 1 版
印　　次	2017 年 8 月第 1 次印刷
书　　号	ISBN 978-7-80252-614-3
定　　价	58.00 元

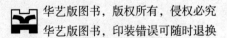

写在前面的话

岁月不居，时节若流。转瞬，进入丁酉年。《台声》杂志创刊亦已进入第 34 个年头。多年来，《台声》秉持"沟通两岸，服务乡亲，促进两岸关系和平发展"创刊宗旨，积极探索，与时俱进，奋发有为，在历史的各个不同时期，为推进两岸关系和平发展进程做出了应有的努力和贡献。特别是近年来，《台声》牢记使命，始终紧跟形势，挺立前头，主动作为，不仅实现了传统媒体与新兴媒体的融合发展，而且在两岸关系面临严峻挑战之际，顺利出版《台声》杂志大陆版、台湾版，实现了历史性跨越，尤其是在台湾岛内印刷发行的台湾版，为三分之二未来过大陆的台湾同胞了解全新大陆，提供了一个难得的全新的窗口和平台，为当下推动两岸经济社会深入融合发展贡献心智。

习近平总书记指出，两岸同胞是命运与共的骨肉兄弟，是血浓于水的一家人。两岸婚姻家庭作为连接两岸同胞的血脉纽带，是传承中华民族根脉、传播两岸爱情亲情、传递和平发展信念的重要力量，已被誉为两岸"三通"之外的"第四通"，为祖国和平统一大业作出了卓越贡献。自2012年底，在海峡两岸婚姻家庭协会的大力支持下，《台声》杂志出版了《两岸一家亲》专栏的第一部作品集，时隔 3 年的今天，台声杂志社与华艺出版社精诚合作，使得《两岸一家亲》专栏的第二部作品集亦将面世。这是深入践行习近平总书记"两岸一家亲"理念的又一有力举措，是加强两岸婚姻群体工作力度，进一步发挥两岸婚姻群体在两岸关系和平发展进程中的独特作用的又一有力抓手。

华艺出版社为中央级综合性出版社，以弘扬传播中华民族优秀文化、沟通海峡两岸及海内外文化交流为宗旨，出版社科类、文学类、艺术类及科普类图书。自 1986 年成立至今，不仅出版了有关两岸的各类图书、画册等数万册，为两岸民间文化交流贡献了智慧，而且以书作媒，积极投身到两岸文化交流交往中去。近年来，更是为两岸婚姻群体的宣传竭尽全力给予支持。

今年，是两岸民间交流恢复 30 周年。30 年来，两岸居民通婚数量逐年增加，据悉，在大陆办理结婚登记的两岸配偶已近 40 万对，而这一数量还在以每年一万对左右的速度增加。毋庸置疑，两岸婚姻群体已经成为推动两岸交流融合、维护两岸和平发展的一支重要力量。作为海峡两岸新闻出版界的重要平台之一，台声杂志社与华艺出版社必将一如既往、不改初心，继续为两岸婚姻群体鼓与呼，为实现中华民族伟大复兴中国梦而努力奋斗。

台声杂志社
华艺出版社
二〇一七年丁酉年

让两岸婚姻家庭子女成为两岸和平发展的又一生力军

中华全国台湾同胞联谊会党组书记 苏辉

屈指一数，今年恰是两岸恢复民间交流的第30个整年了，也是随之增速发展的两岸婚姻群体的重要阶段。30年，半个甲子，两岸有缘青年从相识相爱到缔结婚姻、建立家庭，再到生儿育女，有了第二代甚至第三代。据不完全统计，截至2016年底，在大陆办理结婚登记的两岸配偶已达37.7万对，这一数量还在以每年一万对左右的速度增加。他们早已成为了两岸交往融合的一种重要形式。

两岸婚姻家庭子女是维系两岸血脉亲情的重要纽带，是维护两岸关系和平发展、促进两岸交流融合的一支重要力量，为促进两岸认同、融合提供了新的能量与动力，被称为"两岸三通之外的第四通"。千百年来，两岸同胞同文同祖同宗同源，两岸婚姻自古有之，从未间断，即便是在外敌入侵、被迫割据、两岸断绝的年代，两岸婚姻亦如小草，有着顽强的坚韧的不屈的生命力。特别是两岸恢复民间交流以来，两岸配偶亲人克服重重困难，坚守爱情，为新家庭默默付出、为新家乡挥洒汗水、为多元文化的形成注入活力，为促进两岸关系和平发展贡献智慧和力量，真实而生动地诠释了两岸同根同源、血脉相连、命运与共、心灵契合、两岸一家亲的深刻内涵，令人感动和钦佩。

中华全国台湾同胞联谊会是台湾同胞在大陆的乡亲组织，是台湾乡亲在大陆的"台胞之家"。自1981年成立以来，以"服务、联谊、团结"

海内外台湾同胞为己任，积极为台湾乡亲到大陆返乡探亲、扫墓、访友、定居和进行经济、科技、文化、学术、体育等交流活动做好接待服务、铺路搭桥工作；协助他们在大陆求学、就业、创业，投资、兴办公益慈善事业；了解和反映他们的意见和要求，维护他们在大陆的合法权益……正因为如此，为两岸青年牵线搭桥当红娘、为两岸婚姻家庭子女做服务，亦是中华全国台湾同胞联谊会义不容辞的份内之事、诸多工作之一。多年来，事实也多次证明，通过中华全国台湾同胞联谊会组织开展的两岸各类活动，使得两岸青年喜结连理枝的亦不在少数。

《台声》杂志是中华全国台湾同胞联谊会主管主办的一本国内外公开发行的时政类新闻期刊，在宣传"两岸一家亲"理念、促进两岸关系和平发展中，做出了应有的努力和贡献。自 2012 年起，《台声》杂志就为两岸婚姻这一群体专门开辟了《两岸一家亲》专栏，5 年来，已先后刊登发表宣扬了近百个两岸婚姻家庭的幸福生活，取得了很好的社会影响，在两岸青年人当中起到了积极的联结助推作用，使更多的两岸青年愿意手牵手走进婚姻殿堂。2014 年，《台声》杂志出版了第一部《两岸一家亲》专栏作品集——《跨越海峡的爱情（2012-2014）》，而今专栏的第二部作品集——《跨越海峡的爱情（2015-2017）》也已带着馨香的油墨味面世了。我坚信，这必将为进一步扩大两岸婚姻家庭子女这一群体、为这一群体在两岸关系和平发展进程中发挥独特作用功莫大焉。

当前，由于蔡英文及其当局拒不承认"九二共识"这一政治基础，导致两岸官方联系沟通机制停摆，两岸关系面临严峻挑战。不仅如此，在台湾岛内，一些"台独"分子及其分裂势力，竭力推行"去中国化"，实施"文化台独""隐性台独""柔性台独"等一系列"台独"分裂行径，图谋不轨之心始终不死。在这种新形势下，两岸婚姻更显得尤为重要。两岸婚姻把两岸爱人、亲人连接为休戚与共的命运共同体，他们最担心两岸局势对立动荡，最盼望两岸和平发展。而基于两岸婚姻形成的两岸婚姻家庭群体，拓展了两岸民间交流的深度和广度，丰富了两岸社会融合的形式和渠道，深化了"两岸一家亲"理念的蕴意和内涵。毋庸置疑，这一群体已经成为了连接两岸社会、沟通两岸同胞的重要群体，必将为两岸交流融合与两岸关系和平发展做出更大的贡献。

习近平总书记多次强调，我们的新闻媒体要讲好中国故事。对于《台声》，那就是要务必讲好两岸故事、讲好大陆故事。今天，我们欣喜地看到，《台声》杂志已经成为大陆唯一一家能够在台湾岛内印刷发行的媒体，我们可以通过《台声》杂志台湾版，将大陆改革开放所取得的巨大成就、中华优秀的传统文化、历史悠久的人文景观、两岸交流的合作成果等等，介绍给至今仍有三分之二对大陆不了解的台湾乡亲，进而增进了解、凝聚共识，最终达到心灵契合。

我们衷心期待，《台声》杂志及两岸婚姻家庭子女这一群体，在两岸新形势下，各自发挥独特功用，做出更大成绩，共同为实现中华民族伟大复兴的中国梦和祖国完全统一而努力奋斗。

目录 CONTENTS

两岸一家亲

台湾新郎 熊天平

大陆新娘 杨 洋

他们一直致力于用音乐推动两岸的文化交流。

他们以"两岸一家亲 共圆中国梦"为主题，结合自身真实生活经历，创作多首两岸题材的歌曲。

他们跨越距离的独特组合被外界称为——

中国唯一海峡夫妻演唱组合

9 月的午后，阳光慵懒却不失温暖。在这天朗气清的时节，我们有幸聆听了中国唯一海峡夫妻演唱组合的爱情故事。这是用欢乐与泪水、包容和珍惜的音符谱写的一曲两岸婚姻家庭的幸福乐章。近期，他们又共同打造一首新歌《一家亲 一个梦》，以触人心弦的曲调和积极向上、满满正能量的歌词引发两岸同胞共鸣。

　　其实认识熊天平和杨洋夫妇，早在 2012 年的海峡婚姻论坛上。直到再次见面，觉得比起许多台湾人的幽默健谈，"情歌王子"熊天平着实是一个温和谦逊的人，说的每一句话都很诚恳；多次参加央视春晚的太太杨洋是北京人（祖籍江苏），漂亮能干、快人快语，浑身上下散发着青春动感的活力。采访中，他们抛去了明星光环，总是温和地笑着，随和而亲近。

　　采访约在熊天平、杨洋夫妇的工作室。第一次走进这对璧人儿的生活，温馨感扑面而来，觉得生活就应该是这个样子：她管他叫"熊宝""小熊""熊哥""熊老师"，各种昵称，不亦乐乎；闲谈时，他一定会坐在她旁边，她讲他听，含情脉脉……采访从下午一直持续到晚上，若不是天色已晚，我们还不舍离去。熊天平和杨洋的故事，竟让我们留恋这个季节的所有记忆和画面。

音乐成功路

　　出生于台湾台中市的熊天平拥有一副美声派的独特音色。在他的情歌世界中，没有一点现实世界的圆滑和世故，像一个不懂得保护自己的孩子，真实坦诚，不存杂质。可这个才华四射、拥有无数知音的实力派偶像在最初想走音乐之路时，并未得到家人的认可。"一生都是从事教师职业的父亲希望我子承父业，服完兵役后就踏实参加工作。"熊天平道出实言。

　　一次偶然的机会，一个朋友因为欣赏熊天平的才华，变卖家产帮他录制了小样。也许注定与音乐结缘，录制小样时正巧碰到齐秦的班底，并辗转让齐秦本人听到了熊天平的歌声。"后来齐秦大哥所在的公司找到了我，并让我现场给自己原创还未完成的《夜夜夜夜》填词。我当时脑子一片混乱，看着墙上齐秦大哥躺在沙滩上的海报完成了创作。两个钟头的时间，我一身冷汗。"熊天平笑称，他当时的状态是"看图说故事"。谁也想不到，风靡至今、被无数人翻唱的《夜夜夜夜》，竟是创作型人才熊天平在这样的情况下完成的。顺理成章，他当场被签约。

1997年，一张名为《爱情多瑙河》的唱片上市第一天就接到12万张订单，远远超过当日工厂的5万张印制量，结果第二天全台湾断货，以至于工厂连夜加班赶货。到2000年，熊天平在短短4年的时间里连续发片11张、演唱70余首作品，其中《爱情多瑙河》《火柴天堂》《雪候鸟》《你的眼睛》《愚人码头》《夜夜夜夜》等大量作品被广泛流传，感动着一大批莘莘学子和有为青年。

"相比熊哥的人生经历，我的音乐之路还是比较幸运的。"杨洋坦言，第一次让自己的音乐被外界认可是源于给原国务院扶贫基金会宣传曲《爱在人间》谱曲。杨洋是个善良的人儿，因为心存善念，常做善事，接到这个任务时她灵感迸发，短时间内将曲子谱写完毕，并在众多参与者中脱颖而出。

"随后，《爱在人间》就在中央电视台音乐类栏目陆续播放。小有知名度后，1995年我应邀参加中央电视台春节联欢晚会，并在'春兰杯'我最喜爱的节目评选中获得了一等奖。"杨洋爽朗地笑了，她自称自己一路都有贵人相助。之后，作为创作型歌手的她，连续6年被邀请参加央视春节联欢晚会，并囊获多个奖项。

1996年，杨洋作曲并演唱台湾20集电视连续剧《新孽海花传奇》主题曲《吹走红颜的风》，在大陆与台湾的47个城市播放。1997年，上海电视台特为《爱在人间》在新疆天池拍摄英文版音乐电视，美国词作家MARK J. ROSENFELD, PH. D为《爱在人间》撰写英文版歌词《Love in the world》，杨洋在同年6月被特邀赴美 7个城市进行献爱心演出……这个喜气的女孩儿迅速得到各大电视台、知名音乐节目的青睐。

缘定 10 年前

说起两人从相识走到相知相爱到相伴，他们除了深厚的感情基础，事业上的惺惺相惜，家世间的深厚渊源也起到关键性的作用。

"2002 年，小熊来北京录制一个音乐类节目。一次偶然的机会，我在饭桌上认识了他。因为我们住的地方刚巧只隔一条街，饭后就互留了电话，闲暇时在一起喝喝茶、吃吃饭。因为熊哥初来北京，所以更多时候我都是充当他的'车夫'啦。"温润心田的回忆，加上杨洋甜甜的笑，温暖人心。

"因为初来乍到，身边也没亲人，我深感孤独。可和杨洋的一面之缘后，我莫名其妙地备感温暖。第一次试探性打电话给她，希望她用车帮我运送自行车时，她竟毫不犹豫地答应了。这次的伸以援手，成为了我日后肆无忌惮的让杨洋载着我跑遍北京的大街小巷的开始。" 熊天平笑称太太是女中豪杰，接着，对往事的回忆就那样不急不缓地在他的讲述中流淌了出来。

那时候，熊天平与杨洋彼此间隐隐萌生的情愫已经很浓了，但熊天平当时最大的顾虑就是自己是家中独子，不可能放弃家人而远赴对方的城市，地域和身份的距离让两人都不敢把话挑明，也没能正式确立恋爱关系。

"2003 年，我去台湾，因为行程提前，舅舅因工作原因不能及时到台北机场接我，我便将电话打给熊哥。那一天恰好是他父母结婚 40 周年纪念日，他直接将我带到家中，阴差阳错，这竟成了我首次家庭拜访。"杨洋笑着说，"你不知道，我一进他家门，首先吃惊的是发现他家墙壁上挂着的字画十分熟悉。我慢慢地走近前去，再细看，竟是出自我外公之手。我当即对他和熊爸爸说，这是我外公的作品呵"。这时，轮到熊爸爸和他惊讶了……都说缘分天注定，这些字画已在他们家近 10 年之久。说话间隙，杨洋看着一旁的熊天平，满眼深情。"随后，熊爸爸拿出一本大画册，画册里面就有我爸爸妈妈和全家人，我一一指给他们看。"

惊讶的不只是熊爸爸，熊天平当时也很诧异，因为那本画册在他们家已有多年了，他从来就不知道他未来的太太竟然在里面。他想，这应该就是冥冥之中的缘分。

缘定 10 年前，如此渊源之下，熊天平与杨洋的婚姻似乎也就水到渠成了。2005 年 3 月 27 日，爱情的力量使他们冲破了万水千山的阻隔，两人终于修成正果，步入了婚姻的殿堂，成为跨越海峡的歌星夫妻。

爱情华美乐章

由于唱片公司人事波动和市场环境等客观因素的影响，以及主观上创作状态因素的影响，处于巅峰状态的音乐才子熊天平，歌唱事业逐渐步入了一个低谷。他总觉得活在别人的"阴影"下，不愿坦然面对，渐渐远离了大众的视野。

杨洋没有放弃熊天平，体贴入微的深情，通过种种方式帮他驱走了"心魔"。"我们不是失败了，我们是要从一个成功，走向另一个成功，只是路过失败。"幸福美满的爱情和婚姻是人生事业的催化剂，在杨洋的鼓励之下，熊天平慢慢地走出了事业的低谷。2009 年，两人正式联手成立了海峡夫妻演唱组合，受到了两岸的关注。

"我这一生就两个爱好，一是热爱祖国，二是热爱音乐。我希望能代表陆配，为娘家人说话。同时也期待台湾对大陆来的姐妹能够更加地呵护一些，疼惜一些。因为她们不只是当个媳妇，同时也是当你们的家人。娘家和婆家两家在一起力量才会更大。"杨洋满脸的自豪溢于言表。她说，"2009 年，我们首次'合体'后，于 7 月推出了公益歌曲《团团圆圆》，该首歌曲由台湾著名音乐人许常德作词，我作曲。表达了海峡两岸亲人团聚的美好情感，又恰好暗合了大陆送给台湾两只大熊猫的名字"。

"这些都是我们的见证，也让我们的婚姻增添了另一种社会的责任。"熊天平的眼神变得坚毅起来，他坦言，在音乐方面，他和杨洋还是经历了很长一段时间的磨合期。"其实最初杨洋不喜欢我的音乐类型，她偏摇滚，

觉得情歌曲调太慢了。之前在电视台录音，她在一旁会突然叫停，然后给我建议。一开始我是抗拒的，因为自己独唱习惯了，她的纠正方式让我不能接受。可后来我慢慢发现，不一样的类型能碰撞出不一样的火花儿，我们相互搭配的演唱会更加饱满。"音乐是他们爱情和婚姻的纽带，也是他们共同最钟爱的事业，他们在共同的追求过程中找到了爱情与事业的平衡点。

如今，为了对方，他们都在不断地调适着自己，配合着彼此的步伐。就是这么性格迥异，风风火火与温温和和，外向与内敛，成就了一对儿默契的海峡组合。

喜得龙凤胎

幸福的婚姻最好的结晶是孩子。

梦幻般的生活，随着孩子的降临，更添温馨。熊天平和杨洋幸运地拥有了两个可爱的宝宝，并取名团团、圆圆。

"我第一次得知杨洋怀的是龙凤胎的时候，简直不敢相信，我觉得自己不可能那么幸运。"熊天平甚至想用不恰当的比喻"晴天霹雳"来形容他内心的激动。"我每次看到宝宝们的照片时，血压都会升高的。"

"宝宝是在美国出生的，起初产检，医生告知我是龙凤胎，可女孩特别小的时候，我压力特别大，差点都抑郁了，甚至一度祈祷上天能活下来一个都行。"杨洋道出了她从怀孕直至生产后五味杂陈的心理路程。"感谢上苍，虽然早产一个多月，但两个孩子都平安出世。由于妹妹太小而且有黄疸，出生时在保温箱里待了挺长时间。那几天太难熬了！初当妈妈，而且一下子又是两个孩子的妈妈，我发现整个生活都发生了改变，曾一度有'恐人症'，内心浮动特别大。"

"因为我这人闲不住，以前经常有应酬或者朋友聚会，熊老师就会冷幽默地说，我找的是老婆，不是人大代表。现在终于如他所愿，有了宝宝后，生活重心全然发生了改变，我成了全能的'马夫''煮妇'了。"说到这，杨洋无奈地笑了。但这笑里，分明都是甜蜜。

"我觉得现在我对太太越来越依赖。我有处理生活事物困难症，她不在的时候我就觉得不能适应，习惯了有她在的幸福感。"说到这里，熊天平望向杨洋，满眼宠溺。

"宝宝们的出生让我更加重视家庭。"对于未来的期许，荣升全职奶爸的熊天平坚定地说，"年轻的时候名利心特别重，觉得排行榜才是第一位。现在我明白了，陪你走到最后的身边人太重要了，家庭现在必须是NO.1。"

这对璧人儿相视一笑，旁若无人。这是我们在这个秋天，见过的最美好的画面。

两岸一家亲

台湾新郎 陈建明

大陆新娘 熊婷婷

她说，喜欢和他一起享受生活的品质，虽然是以"大手大脚"为代价的。他说，希望可以给她最好的。一个是北京大学台港澳研究专业硕士，一个是台湾中山大学大陆研究所研究生，不一样的背景，擦出不一样的爱情火花，熊婷婷与陈建明的婚恋故事——

努力将生活的每一天经营成纪念日

以"龙脉相传·青春中华"为主题的台胞青年千人夏令营从2004年开始，至2016年为止已连续举办12届，十余年间，有万余名台胞青年参与，该项活动已经成为台湾青年朋友了解大陆、丰富阅历、广交朋友的重要平台。两岸青年交流，自然也会迸发出感人、动人的故事。来自台湾的陈建明和大陆姑娘熊婷婷的结合，便是这交流活动中美好的结晶。

2005年暑期，刚从台湾中山大学研究所毕业的陈建明，利用找工作的空隙，报名参加了由全国台联主办的第二届台胞青年千人夏令营。"那个时候，两岸之间的交流并不多，我也只是想能够对大陆多一些了解，所以就报名参加了……"陈建明回忆说。而还在北京大学攻读台港澳研究硕士的江西姑娘熊婷婷，碰巧看到全国台联在各大高校招募志愿者，机缘巧合，婷婷成了夏令营的导游志愿者。相隔千里的两个人，因为一场活动，有了交集。两个人都没有想到的是，月老的线牵的那么远，自己的另一半，很快就要出现在彼此的生命中。而缘分，就是如此巧妙。

如今，陈建明和熊婷婷已经携手走过了10年婚姻。十年，能够改变很多事情、很多人，可在他们的生活里，一切仿佛还定格在两人初相识的阶段，陈建明依然不掩对太太的宠溺，谈初见，说回忆，道日常相处，不吝所有的赞美之词用在心爱的人身上："漂亮、优雅、有气质……"正如现代诗人吴桂君在《喜欢一个人》中说的，喜欢一个人，始于颜值，陷于才华，忠于人品。体会他们的故事，就颇有些这样的味道。

始于颜值，忠于内心

陈建明的手机里一直保存着与熊婷婷的第一张合影照片，照片就是2005年暑假参加千人夏令营活动时拍的，在卢沟桥的"卢沟晓月碑"旁，两人都穿着当时的夏令营营服。可能阳光有些刺眼，熊婷婷眯着眼睛，有一丝的羞涩，陈建明则嘴角含笑，满脸惬意。直到现在，陈建明还记得第一次看见熊婷婷的感觉，"很好看，很端庄，很有气质，让人很难忘记"。

2005 年的那个暑期，作为千人夏令营的导游志愿者，熊婷婷在整个活动中要做不少事情：带领台胞青年逛故宫、登长城、游清华、观卢沟桥，夏令营的很多营员都是第一次来大陆，着实很好奇，一路上忙着合影拍照，玩儿的不亦乐乎。可对这位漂亮又负责的志愿者"一见钟情"的陈建明却没有跟风，而是留下时不时跟熊婷婷搭搭话，当得知对方的专业后，因两人的专业非常"对口"，两人对对方特别好奇，所以聊得很投机。

夏令营活动结束之后，陈建明回到台湾，心里却始终放不下熊婷婷。打电话不方便，两人就通过邮件交流。后来干脆都把彼此的邮箱设置成网页默认首页，两人在邮件里讲专业，侃八卦，谈理想，无所不聊。有一次，熊婷婷忙着做课题，两天没看邮箱，结果邮箱足足有 20 多封未读邮件，熊婷婷说："那一段时间，他恨不得要将每天发生的事儿，碰到的人都跟我说。" 两人通过文字的交流，渐渐成了知心的"笔友"，分享各自的苦恼和快乐。当时陈建明正在找工作，熊婷婷便为他鼓劲。婷婷有时遇到专业上的困惑，陈建明这位"当局者"便主动给她支招。邮件和文字跨越海峡，跨越空间距离，将两人的感情拉得更近。

2005 年 10 月，当陈建明得知熊婷婷在深圳实习时，兴奋地连续几天都睡不着。深圳和台湾距离澳门都很近，两人便约在澳门见面。没有活动安排，没有指定行程，也没有旁人打扰，两人一起逛超市，游夜市，品美食，观大三巴牌坊，尽情享受在一起的每一分钟。临分别时，陈建明将一本书簿送给熊婷婷，簿子里面记录着他和熊婷婷之间每一次的电子通信消息，这是他一笔一划地誊写上去的。这次见面，坚定了陈建明到大陆工作的想法，陈建明回忆说："那时我就下定决心寻求两人在一起的机会，不想错过这个好女孩。"

回到台湾后，陈建明特别留意在大陆的工作机会。此时正好上海有一家面向台商的杂志社《移居上海》有工作机会，陈建明便和父母说，上海有一个不错的岗位，想去上海工作。陈建明笑着说："如果当时我父母知道我是为了一个女孩去大陆工作，他们可能就不会同意我去上海了。"

10 年光阴，每一天都是纪念日

陈建明如愿到了上海工作，婷婷也在毕业后去了上海。2007 年，30岁的陈建明和 27 岁的熊婷婷迈入婚姻的殿堂。"那时候挺佩服自己勇敢的决定，心善太好说话了，说结婚就结婚了。"熊婷婷打趣地说。原来婷婷的父母在结婚前有疑虑，怕女儿上当受骗。当时大陆还没有开放台湾个人游，婷婷一直没有去过陈建明在台湾的家，父母也曾开玩笑说："万一他在台湾已经结婚了呢？你自己又不知道。"婷婷为了打消父母的疑虑，带着陈建明一块儿回家做父母的工作。经过一段时间的相处，婷婷的父母也逐渐认可了这个台湾女婿。

因为都是刚开始工作，没有多少积蓄，两人的婚礼就一切从简，婚房是在双方父母帮助下在上海一个普通的居民区购置的二手房。结婚时，熊婷婷带的是戒指而不是婚钻，两人的婚纱照是在网络上找的一家婚纱摄影店拍的，婚宴没在上海举办，只是邀请了亲朋好友在各自的家乡台湾云林和江西九江办的。

陈建明是十足的"厨房绝缘者"，在他的观念里，丈夫是不下厨房的，妻子是厨房的百分百拥有者。恰恰相反，熊婷婷是一个百分百的"厨房爱好者"，时常在微信里晒自己在厨房的"作品"。虽然有自己的工作，但她还是喜欢和陈建明一起分享她的厨艺作品。她说："虽然工作很累，但是下班回到家还是愿意回到厨房，能和爱的人一块分享美食也是一件很幸福的事情。"

　　有人说，婚姻就是两个人慢慢变为一个人的过程，10年婚姻生活，陈建明和熊婷婷已经相互融进对方的生命里，成为彼此不可分割的一部分。熊婷婷喜欢打扮房子，甚至把家里设计成"咖啡屋"风格，陈建明看不出哪里好来，也说不出不妥来，只得由着熊婷婷设计。陈建明喜欢美国爵士乐和黑人灵魂音乐，家里的一面墙上满满都是音碟片，为了充分追求播放效果，陈建明要买最好的视听设备，熊婷婷也支持他。熊婷婷喜欢追美剧，陈建明便陪她半夜追更新的美剧。俩人都喜欢摄影，俩人便一起攒钱花重金购买高品质的相机。

　　熊婷婷和陈建明都不喜欢刻意地去过任何的纪念日，对于两人来说，努力将婚姻生活的每一天经营成纪念日才是对过去时间最好的纪念。

　　陈建明喜欢上海的海纳百川，也喜欢享受高节奏、高压力下的高品质生活，他是把生活品质放在第一位的人。熊婷婷的家里时常飘荡着悠扬婉转的美国灵魂音乐曲调，看着先生陶醉的表情，熊婷婷喜欢用相机把这一瞬间记录下来。婷婷说："有时候，跟他在一块儿我也学会了慢慢享受这种生活了，学会了放松和自由。"

　　2009年，在婷婷的老家江西九江，两人终于迎来了爱的结晶，陈建明没有坚持太太去台湾生产，他说："她有自己的工作，她不想放弃喜欢的工作，第二，主要是为她着想，怕她到了台湾不熟悉，容易紧张。"

　　有了孩子之后，两人的生活更加忙碌了，一边要照顾孩子，一边要坚持各自的工作，在照顾孩子的问题上，两人的想法出奇的一致，婷婷说："我们都认为父母的陪伴对于孩子来说是最重要的，所以我们坚持不请保姆，不麻烦双方的父母。"

"我很喜欢吃垃圾食品，有时候自己去买可乐，儿子会告诉售货员不要卖给爸爸。"陈建明笑着说，这个"不吃垃圾食品"的习惯是熊婷婷教给孩子的。陈建明希望给孩子尽量多的自由机会，但熊婷婷希望孩子从小养成好习惯，所以在孩子的管理上会督促严格一点。陈建明明白熊婷婷的苦心，也会尊重她的做法。

　　上海的夜晚华灯璀璨，在万家灯火中，陈建明和熊婷婷经营着属于两人的那一点灯火，在平淡如水的日子里，演绎着属于自己的温馨浪漫故事。

以善意理解跨越隔阂

　　"当我正式成为了台湾媳妇儿之后，才发现过去学校里读到的那些台海问题，竟然真正成为了生活的一部分。而我俩，也成为台海走向最为热心的关注者，因为这些事情，不再是身边其他人的事情，更是我和他每天都要面对的事情。"这是2010年，熊婷婷有感于两人的日常生活与两岸的发展紧密地联系在一起，她写下的一篇文章中的一段话。

　　熊婷婷第一次去陈建明的台湾云林老家，周围的邻居纷纷来瞧这个来自大陆的媳妇儿，并且时不时会问熊婷婷一些关于大陆的"常识性"问题，有时会问熊婷婷父母都在做什么工作？熊婷婷答说他们都退休了。邻里们会追问他们一个月能领多少退休金，有没有类似台湾健保的制度，看病是否方便，似乎就要让熊婷婷说出"比不上台湾"的话。而陈建明第一次去熊婷婷老家时，也遭遇了邻居的围观，问他一些政治性问题。最经常被问到的问题是"你们那个陈水扁哦，贪了那么多钱，为什么还有人那么拥护他啊？"陈建明"满脸囧"，不知道该怎么回答。

　　渐渐地，两人回家的次数多了，让两家的邻居了解到真实的信息。通过他们以身作则"亲善大使"的行动，双方的亲朋好友已经多了不少新的变化，现在熊婷婷去台湾婆婆家时，街坊会向她感叹："你们大陆给女性4个多月的带薪产假，生完孩子还有钱领，这点真好！"而陈建明去岳父家时，周围的邻居会向陈建明赞美台湾的综艺节目，"台湾的综艺节目好

发达哦，都很搞笑！欧弟是个人才！小 S 好好笑！"

陈建明和熊婷婷的孩子现在已经 8 岁了，虽然俩人替孩子选择了台湾户籍，但是他说："不管选择台湾还是大陆，都是很好，还是希望两岸关系以后可以越来越好。"有时候，因为工作出差的关系，两个通常都会选择错开时间，但在今年 3 月份，两个人就同时外出，只能让熊婷婷的婆婆特地从台湾赶来照看孩子。"婆婆很喜欢孩子，但是现在从大陆进入台湾的程序繁琐，大陆媳妇到台湾更是限制很多。"熊婷婷说。

熊婷婷最后说，两岸其实就像他们两个人的邻居一样，开始接触时不了解，甚至有误会隔阂，但是经过沟通理解，当两岸人民都能彼此看到对方的优点，并以善意、分享的态度去理解、体谅对方缺点的时候，这个世界就在逐渐地变得更美。

两岸一家亲

台湾新郎 陈民富

大陆新娘 白 菊

在别人眼里，陈民富和白菊是一对幸福的模范夫妻。先生性格内向，但酒酣耳热后会对她说，"老婆，我爱你"；她回云南娘家探亲，返台时，先生来接机一定会带玫瑰花送她；她有时因友人聚会晚回家，先生一定在客厅等她到家——

幸福的婚姻，就靠这点点滴滴来的

与高雄市新移民社会发展协会理事长湛秀英是老熟人了，7月份她带着自己的女儿来参加海峡两岸婚姻家庭服务中心的亲子夏令营，我央她给我介绍几对两岸婚姻的采访对象，秀英姐首先想到的就是云南新娘白菊。

秀英姐说，"很多人到现在都还以为大陆很穷，大陆新娘嫁到台湾都只是为了钱。其实，大部分大陆新娘嫁到台湾只是为了一个缘分、一个对未来的期许而已。就像我的一个好姐妹白菊，她从云南来到台湾，与先生白手起家，从负的人生开始奋斗打拼，用自己的努力扭转一般人对陆配的误解。可见，只要夫妻同心，就能克服一切困难"。

于是，大陆新娘白菊就这样进入了我的采访视野。

为爱勇敢跨越海峡

1998 年，云南姑娘白菊探亲去台湾，连她自己都没想到，短短的 3 个月时间，却注定了她与台湾再也无法割舍。

因为大伯在台湾，白菊去探亲期间因缘际会认识了高雄小伙子陈民富。"他是毫不掩饰对我的感情，身边人也一直提醒我他在追我。我一开始是没有感觉的，那时我只有一个想法就是我们只能做朋友，绝对不谈感情，因为我有很多的顾虑，我顾虑路途太遥远、顾虑来到台湾会无依无靠（虽然有大伯但他年纪已大）、顾虑我在大陆的事业……很多的顾虑，让我一直跟他保持一定的距离。但他觉得这都不是问题，我来台湾 3 个月就回大陆了，我要走的那天看到他是如此的难过和不舍，我也觉得心痛，但我告诉自己不要心软，俗话说人走茶凉，也许过一阵子他就把我给忘了。结果在我回来的一周两周、三个月五个月、一年……他天天都有一通电话、一封书信，让我觉得他对我真的是真心的。"回忆起先生陈民富对自己的追求之路，白菊用了"天方夜谭"来形容。

"我一直坚信我们两个人是不可能的，所以他为我做的一切我就都没有回应他，有一阵子还觉得很烦，就把电话切掉，不接他电话，书信也不回他。他也能感受到，为了不造成对我的困扰，他不再每天打电话、写信，而是转变了一种方式，他把每天想要跟我说的话都写在日记本里，写了满满一本再寄给我，然后也会寄一些我喜欢听的粤语歌给我……这样的日子持续了一年多的时间，我也慢慢地对他产生了好感，就在我考虑要不要跟他交往的时候，他却向我求婚了！"

原来，在这期间，陈民富的母亲去世了，母亲走之前，唯一的愿望就是希望最小的儿子能够早日完婚。为了完成母亲的遗愿，陈民富大胆向心爱的姑娘求婚，根据当地的习俗，要百日成亲。白菊说，"我那段时间其实是很纠结的，他问我要不要嫁给他，虽然我已慢慢喜欢上他，但因为还不是真正的男女朋友，我自己都觉得会不会太草率，两个人没有在一起真正相处过，有那么多的不确定。更重要的是，我家里的亲人是不知道我在跟他交往的，因为我觉得自己都不确定的事情不知道怎么讲，我困扰到不能吃不能睡，所以压力很大。到后来他要我马上给他答案，愿意还是不愿意。我考虑了差不多一个礼拜，觉得自己内心还是放不下他的，就答应了他。他很开心，马上就订了机票，要来大陆跟家里人提亲。"

说来就真的要来了，兴奋的陈民富带着父亲和白菊的大伯很快就要从台湾来到云南，他们完全不知白菊的压力，而白菊这边，还在想如何说服家里的亲人。

眼看离陈民富来家里提亲的日子越来越近，白菊只好先跟大姐坦白，想让大姐去做父母的工作。"果然，妈妈没有生气，我爸就真的生气了，他是坚决反对的，他觉得我真的去到那边会无依无靠的，遇到一些什么事可能就没有退路了，亲人不在身边，父母不想让我走那么远，主要还是担心我。"白菊说。

那段时间，白菊一直试图跟父亲好好沟通，但父亲的态度依然坚决。直到陈民富飞往云南的飞机落地，白爸爸也没有去机场迎接。"我到机场接他们以后回到老家，爸爸一开始就真的没有跟他们讲话，就这样相处了三四天以后，觉得这个男孩子还真的不错，觉得他还很实在的，虽然话不多，但很真诚，慢慢地就喜欢上他了。在我家待了10天左右，他就把我父母搞定了，婚事也就这样定下来了。通过几天的相处，爸妈对

他的观感也完全改变了。接下来我们就在云南老家领了证件，办了酒席。"

在婚礼现场，陈民富一句"我什么都没有，没有钱也没有房子，但我有颗上进和爱你的心"，让白菊泪流满面、心悦诚服地嫁给了他。

自白菊从台湾回来后，他们分别也就一年多的时间，再见面，两个人就这样定了终生、相厮相守。有点传奇，有点冒险。但白菊说，"如果当初我不勇敢，或许就没有今天这么幸福的我了。"

艰苦打拼夫妻，共闯一片天

办完所有的手续，白菊跟着陈民富回到台湾，开始了新的生活。

结婚之前，白菊在云南开了一家很大的五金店，卖五金装潢材料，从小就好强的她22岁就自己学做生意，并且很快有了成就。白菊回忆说，"在我们那个县城里，做那个店面我是第二家，生意走上轨道以后真的还蛮赚钱的，我也算是有着自己的一份事业吧，后来放弃自己的事业，所有人都感到很可惜，甚至完全不理解。"

"到台湾后，我'痛苦'才开始。"白菊坦言，"来到台湾之后，发现饮食完全跟大陆的老家不一样。最大的困扰还是在语言上有不合拍的地方，只要我一张口，大家都觉得我是大陆妹，对我有一种不同的眼光，去哪里大家都会看着我。于是，面对这种情况，我就把自己封闭起来。好在先生是一个非常体贴的人，他非常了解我的心思，总是尽力地帮我排除不安，让我看一些台语的电视剧，并从中学一学语言。还有，出门时他也总是尽量陪着我，不让我有一种不安全感。有他，我才慢慢地适应过来了。"

"先生给了我很多的爱，只要人家讲哪里有从大陆嫁过来的新娘，他都会开着车带着我去找人家认识，不管那个人在哪里，反正只要是大陆来的，不管是哪个省的，都好。我知道，他这样做，就是为了让我能在台湾多几个大陆的朋友，找到那种老乡的感觉，因为见到她们会觉得比较亲切。有时候，我都会觉得很不好意思，要跑那么远，但是先生在我身上的付出是无怨无悔的，虽然说刚开始来到台湾真的是有一些不自在，也受了一些委屈，但是为了先生，看他对我的爱，就想一切都是值得的，一定要好好珍惜他。"白菊甜蜜地说。

结婚之前，陈民富没什么积蓄，每月的薪水都拿来补贴家用，是标准的月光族。白菊回忆说，"先生家里兄弟姐妹6个，他算小的，他们家是妈妈在掌家，他赚钱都是给妈妈，我们结婚的时候他是没有什么钱的，家里还有一些欠债，结婚以后还背着债，那些日子过得也是很苦的"。

在台湾认识陈民富的时候，他是做装潢工作的，跟白菊在大陆开的店面专业吻合。白菊也曾跟先生商量，要不要一起来大陆发展，"可是先生什么都好，什么都可以让我，唯一一点就是有点大男子主义，骨子里也是一个挺传统的人，他觉得他是娶老婆，一定是他赚钱养家才可以，不可能就这样来大陆生活。如果有一天我真想回云南，那也一定是他赚了很多钱再回来为我置业。这一点他很坚持，他说这是做男人的基本尊严。我也觉得既然爱了，就尊重他的选择吧，去台湾，我照样可以重新开始。"想起当时放弃自己的事业，白菊坦言，虽遗憾，但不后悔。

到台湾之后，休息了半年，闲不住的白菊开始想着能做点什么。为了能够早日还清家里的欠债，白菊决定和先生一起创业。看哥哥经营羊肉炉生意不错，夫妻俩也想从餐饮开始做。很快，陈民富辞掉工作，夫妻俩开始到夜市摆摊卖羊肉炉。凌晨3点，陈民富就运送食材到市场卖。下午，夫妻俩又分别在不同的黄昏市场摆摊，从早忙到晚，从高雄到屏东到处摆摊赚钱。

羊肉炉只能冬天卖，白菊脑筋动得快，端午节包粽子，中秋节卖烤肉，夏天卖生菜沙拉，摊子上也有油饭、蒸蛋、米血及大肠。白菊有点不好意思地说，"嫁作人妇前，我是什么都不会，就天天看美食节目，也算是自学成才。有一年端午节，我自己就包了2万个粽子，从选料蒸糯米到包粽叶，几天下来累得不成人形。做生意要求的是品质，也是我一直以来都在坚持的，要么不做，要么就要做的很好。客人找你，不是你找客人，我用的食材都是最新鲜、最好的，有问题的我宁可不卖也要做的最好。我有洁癖，卫生方面就更不用说。也正是因为对我的自我要求很高，几年辛苦下来，

我们也终能在凤山买栋楼，日常利润也足够家里3个小孩开销。"白菊说，
"从结婚时的一无所有到现在一路走来，虽然很辛苦，没有大富大贵，但
我还是觉得很知足，我有一个幸福又平静的家庭，老公疼我们，3个小孩
子学习也很优秀，夫妻两个家和万事兴，先生个性又很好，在台湾虽然没
有很大成就，有安定的生活，我就格外珍惜。"

模范夫妻的幸福生活

在别人眼里，陈民富和白菊几乎从没吵过架、红过脸，是一对幸福的
模范夫妻。先生性格内向，但酒酣耳热后会对她说，"老婆，我爱你"；
她回云南娘家探亲，返台时，陈民富来接机一定会带玫瑰花送她；白菊有
时因友人聚会晚回家，陈民富一定在客厅等她到家……

"很多人都会问我，你们会不会吵架啊，为什么总能这么恩爱呢？一
听到这个我就觉得很幸福。舌头跟牙齿都有碰撞的时候，何况我的性格
又是大大咧咧的，吵架是一定会的。但是我们吵架从来不记仇，有什么

事情就拿出来讲，吵一吵就好了。他如果闷在心里不说，我也一定会去找他，让他讲出来。如果遇到事情你觉得你是对的，他觉得他也是对的，谁也不低头，那这样下去都不是办法。有什么事情都讲出来就好了。记得来台湾之前，爸爸就跟先生说，想要娶我女儿，你要做好思想准备，我女儿哪儿都好，就是脾气不好，不会做饭，没做过家务事。先生就说，脾气不好没关系，我可以容忍他。爸爸特别交代，她脾气再不好，你要向我承诺，不要动手打她。先生承诺一定不会，他说因为我是一个男人，一个真正的男人是不会动手打自己的老婆的。爸爸就讲我不会煮饭，家务事做的也不是特别好。先生说没关系啊，我们家的男孩子做饭都很好吃，还真是的，他们家的男人真的很会做吃的。现在为了他，我都会看美食节目，去想方设法学做吃的，有时候看到电视上正在播做什么，我会立马开上车子去买食材，回来就做。先生很难得跟我有一样的兴趣，他的饭煮的也特别好。所以我们在吃的方面也很会享受的，听到哪家餐厅比较好吃我们就会去吃，也能学一些经验回来，对生意也有帮助。现在孩子也在学营养这一方面，对吃的也很有兴趣……"

白菊说："先生对我、对这个家的付出我也是看得一清二楚，人家对我好，我也要加倍的付出，这就是互相的，一路走来，先生都是很支持我的，不管我做什么，他都在背后默默地支持我、处处为我着想，他常常讲，跟其他一些大陆嫁过来的朋友相比，她们可能过的更轻松自在，没有我这么辛苦，但在自由方面，我比其他任何人都来的自由。这是真的，我们都是该做的时候就做，该玩儿就玩儿。也有姐妹问我有没有私房钱，我觉得私房钱大部分人都有的，不是什么坏事，是对自己的安全防范。我也有私房钱，但我的私房钱都是公开的，都是先生帮我存的，有些人不信，但都是真的。我先生也会说有钱在身上，只要能让你有安全感，都可以，我们家所有的钱都是你的。我喜欢他坦诚，他不会不好的东西不跟我说，从交往到现在都是这样，没有事情隐瞒我。"

"如果我回大陆探亲，回来的时候他一定会把家里收拾的干干净净，把所有的费用都缴清。从结婚到现在，他钱包里的钱从来都不会放太多，每次都是我每隔几天去看一下他的钱包，给他塞点钱进去。他为了给我一个保障，让我安心，家里的钱都会在我这里。我记得有一次跟朋友聊天，朋友问我们家是谁在做主，我老公讲一句我很感动，他说'我们家大事都是我说了算，小事都是我老婆说了算。'可是我们家几乎没什么大事，所以他的回答让我很感动。"白菊谈到这里，激动加感动。

白菊和陈民富共孕育了 3 个孩子，夫妻俩对孩子们的要求很高。白菊说，"饮食行业很辛苦，不希望小孩子像我们一样走的那么辛苦，所以从小就对他们很严格，对孩子的教育也是很重视，就是不希望他们再走我们走的路，再来做这个行业，希望他们将来能有更好的发展。从两岁开始，我就让他们读英文，读数学。未来我们还在想我们的房子蛮大间的，可以免费让外籍老师来住，然后让他们有时间跟我们的孩子多沟通，像英文常讲的话学的就会比较快。现在孩子在班里的学习也很好，我对他们的期望很高。从孩子出生，我的态度就是我宁愿不吃不睡也要把他们的生活照顾好，之前连一日三餐都不会，有了家庭之后，不断学习不断进步，现在变成只要儿子在家里吃饭，一定会亲自煮饭给他们吃，吃什么东西对他们身体好，我都会很尽心。"

虽然现在工作依然很辛苦，但在白菊看来所有的付出和辛苦都不算什么。从 16 年前初到台湾各种的不适应，到现在拥有很多人都很羡慕的家庭，白菊说所有的辛苦都是值得的，只要用心去对待与经营婚姻，就可以有个完美幸福的两岸婚姻家庭。

"现在身边也有很多人跟先生讲，你们这么好的夫妻，这么好的大陆妻子，有机会也帮我介绍一个好不好？"每每听到这样的话，白菊心里别提多甜了。

两岸一家亲

台湾新郎 蔡秉洋

大陆新娘 谷祖慧

"遇见我，花完了你所有的运气，所以，跟你相处，我必须要用尽我全部的努力。关于以后，你想去哪里，我就去哪里。"

"用尽全部的努力来爱你"

最好不过四月天。春风变得暖暖的，晴朗明媚的天，最适合与一对新人分享他们跨越海峡、牵手幸福的故事。这一刻，北京的一个茶楼里，我便如此惬意。

2014 年 12 月 1 日，由海峡两岸婚姻家庭协会、中国邮政集团公司主办的首次海峡两岸新人结婚集体颁证仪式暨《婚禧》邮票首发式在中国国家博物馆举行。12 对来自海峡两岸的新人在来宾及亲友的见证下携手步入婚姻殿堂。蔡秉洋和谷祖慧就是这幸运的 12 对新人中一对。

初见蔡秉洋和谷祖慧夫妇，这对郎才女貌的"黄金组合"，让我不由得惊叹造物者的神奇和智慧。蔡秉洋是一个有着娃娃脸的"大男孩"，儒雅的气质让他看起来很有魅力，贴心的样子让人印象深刻；而太太谷祖慧，满身的漂亮精干、温婉细致，给人一看便知很有主见，身上透着满满的正能量。

茶和故事，就这样慢慢地延展开来——

因为有缘，才会遇见

人都说，缘分天注定。也许，人的一生，谁跟谁在一起是一定的，相识相遇的方式不重要，情节不重要，重要的是结果能够情定终生。

蔡秉洋，1987 年出生于台湾台北，2012 年夏天，他第一次到大陆求学，就读于北京中医药大学，随后在北京东直门医院见习。太太谷祖慧，也是北京中医药大学的 2010 届学生。

"和太太认识是在 2013 年冬天，我寒假回到台湾，我的一位男同学在人人网上搜见祖慧和她的另一位女同学正巧在台湾游玩，便邀约她们一起去台北故宫。说起来真是缘分，那天是她在台湾的最后一天，第二天就回大陆了。"蔡秉洋回忆说，"当时在约定地点等他们，两个女孩子迎面走来，她气质特别突出，女神范特别抢眼，第一感觉就是，哇，好漂亮的学姐！我确定自己对这个女孩子一见钟情了！我当时就觉得整个台北的故宫，都是她的身影在飘来飘去。因为她女神范儿太强，我想应该很难接近，都不敢跟她搭话。她回大陆后，我们就一直用网络、QQ联系。直到寒假结束，我回学校，我们才开始见面，慢慢交往。"

说起两人的第一次邂逅，谷祖慧记忆犹新，她回忆说，"初次见到秉洋，知道他是我学弟，看着只有将近20岁的模样，蛮可爱的。因为是学弟，就觉得他应该比我小，而我是不喜欢找比自己年纪小的男生，所以感觉和他就没有发展空间。后来有一次，我和他还有几个同学相约一起去吃饭，那时候我才知道他的实际年龄，然后才慢慢开始比较有话题。"

蔡秉洋至今还记得，自己在台北故宫时鼓足勇气向心中的"女神"提出，要不要试着交往看看，谷祖慧当时没有拒绝，回应他说等回学校有更深入的了解之后再说。这让他欣喜若狂。蔡秉洋说，"后来，我慢慢发现这个女孩子特别有文学造诣，当她发现我能够和她诗词互对时开心极了，她也希望自己的男朋友是谈吐文雅型的。"就这样，两人的心一步步靠得越来越近。

一次"突发事件"，让两个人的感情"突飞猛进"。

2014年暑假过后，蔡秉洋从台湾返回北京，谷祖慧去接机。在返回学校的路上，祖慧不小心摔跤了，蔡秉洋赶紧扶她起来，因为是学中医的，即当场给她擦拭自己调制的药。细致暖心的蔡秉洋，一下子打动了谷祖慧，她觉得又有爱心又有技术的蔡秉洋，不就是自己最好的依靠么？

爱情，就在这种看不见摸不着的日子里，一点点地叠加、积累。而后有了痕迹。

因为爱情，所以化解

半年的交往，平淡亦甜蜜。可现实的问题也摆在两个人中间，远隔海峡，双方家庭观念不同等等让两个相爱的人差点分离。

回忆那段日子，蔡秉洋说："我常常会跟祖慧聊一些思想上的问题，或者对事业的看法，因为我对爱情的想法是以结婚为前提来谈对象，可我全家都是地地道道的台湾本土人，我曾经旁敲侧击地对父母说，如果我女朋友是大陆人，你们可以接受吗？他们就是极力阻止，不要不要。然后我

就很担心，如果我们俩一直走下去，但父母会不准我们结婚，那会耽误一个女孩子的青春，而且我年纪也不小了，对大家都不好。"

"可祖慧一直很坚持，不愿意放弃这一段感情。我认为既然一个女生都觉得应该好好把爱情经营下去，有什么困难大家一起解决，她都有勇气面对了，我一个男生怎么能没勇气。既然她愿意跟随我，只要她不放弃，我都愿意陪着她。芸芸众生，我们相遇、相恋，从此，哪怕路再难走，我也会牵着她的手，我们一起走。"蔡秉洋感触很深。

坚定了彼此的信念，事情便会朝好的方向发展。"2014年寒假的时候，我妹妹来北京玩，祖慧对她关爱有加，她俩相处得非常融洽，并得到了妹妹的认可。这也给我们带来了很大的勇气。后来暑假，我带祖慧回台湾介绍给父母认识，开始心里还担心父母不同意，没想到祖慧的知书达理、乖巧伶俐很讨我父母的欢心，更难得的是，整个家族的亲朋好友都很喜欢她，从而彻底打消了我心中的那点顾虑。从台湾回来后，我就立即向祖慧求婚了，她随后带我见了她的家人。她父母那边也都没有障碍，他们觉得我懂礼识数，且行为举止、为人处世各方面都挺好的，挺喜欢我的。我渐渐发现，其实双方家庭都很相似，遇到祖慧真的是我上辈子烧了好大一炷香。"说到这里，蔡秉洋笑了，笑里满满的都是甜蜜和幸福。

说起秉洋向她求婚的场景，谷祖慧甜蜜地看着蔡秉洋，脸上同样洋溢着满满的甜蜜和幸福。她回忆说："有天中午，刚吃完饭在休息，秉洋说，祖慧你可以嫁给我吗？我们结婚吧。我随口说，你要在白鲸面前求婚。然后，他真的就带着我去北京动物园的海洋馆，那里有一对白鲸。那天，因为有很多小孩子，他不好意思跪下来向我求婚，就牵着我的手说，亲爱的，你愿意嫁给我吗？我说，那好吧。其实他向我求婚了好多次，就是没有跪下来。"温润心田的回忆，加上谷祖慧甜甜的笑，直暖人心。

喜结良缘，真爱相伴

爱有灵犀，亦有感触，彼此是一颗心对另一颗心的欣赏，是一段情对

另一段情的承诺。

2014 年 11 月，感情瓜熟蒂落、水到渠成的蔡秉洋和谷祖慧，在亲朋好友的见证下，在天津登记结婚。婚后的生活与之前没有太大的区别，依旧平淡而甜蜜。

在谷祖慧的贴心照顾下，被幸福感包围的蔡秉洋，无时无刻不在体会着甜蜜的婚姻滋味，而谷祖慧的认真付出，蔡秉洋除了幸福就是感动。

谷祖慧每天都会将家里收拾的一尘不染，当我问起两人在收拾屋子上有什么分工时，蔡秉洋竟"大言不惭"地说："太太负责收拾，我负责'弄乱'。太太很聪明，我的性格就是大大咧咧的，我很信任她，基本大小事都任由她发挥；她也很精细，平常在持家上做得很好。不过因为太太爱干净，我也改掉不少坏毛病。现在回家的第一件事，就是换家居服，我已经学会了尊重她的劳动成果。现在，去岳母家住的时候，岳母都夸奖我爱干净，换好的衣服都会主动叠整齐。"

说话间隙，蔡秉洋望向身边的太太，满眼深情。

　　"我的作息比较有规律，太太为了配合我的时间改掉了晚睡晚起的习惯，每天早上起来都会给我做各种各样的早餐。太太特别心灵手巧，看见别人做什么，她就会学着给我做。她每天都会想明天再给我做什么，基本不重样，而且还会营养、颜色搭配，同事都很羡慕我。太太平时还会给我包里放洗好的水果，连同事都有份，我都特别感到有面子和欣慰……"蔡秉洋说起这些细节时，脸上流露着掩饰不住的甜蜜感。

　　爱笑的谷祖慧沉静起来也很迷人，她静静地听着蔡秉洋向我讲述他们生活的点滴，眼神都没从蔡秉洋身上离开过。她把爱情、把对方当做一种信仰。她的一颦一笑，透露着生活带给她的愉悦与美好，而谈起与先生蔡秉洋这段两岸婚姻的故事时，你能读懂她的爱情，是默契，是开心，是体贴，是关怀。

　　谷祖慧说："我和先生都习惯从对方的角度看问题，先生给我很多帮助，他教我控制情绪，帮助我成长，让我成熟一些。我们没有特别的差异，没有学历差异，没有习惯差异，剩下的都只有双方身上的闪光点互相吸引着。

先生很会做饭，最拿手的就是营养餐，他觉得北京的饭菜太油，一有空就会根据季节和家里的食材，给我做很多好吃的。台湾的卤肉饭、三杯鸡，先生也都做的超级好吃。我还特别爱吃台湾罐头和台湾小吃。"

"我婆婆对我也特别好，我特别喜欢她，时常打电话跟她说，妈妈我好想你哦，婆婆跟我妈妈很像，朋友们也都觉得我妈妈和婆婆的性格非常合拍，她们是在我订婚的时候第一次见面，相谈甚欢，两人出门逛街都是手牵手的。"

谷祖慧一直说自己很有安全感："我和先生都比较信任对方，很有安全感。先生给我最好的承诺就是照顾我，给我做好吃的，陪我玩，愿意放弃一切来爱我！"

"遇见我，花完了你所有的运气；跟你相处，我要用尽我全部的努力。"蔡秉洋用这样一句源于爱、始于情的话来总结和太太谷祖慧的婚姻状态。"对于生活，我们更多的是相互沟通，相互尊重；一起携手，共同面对，我一直都秉持这个理念。"

对于未来的期许，蔡秉洋有感而发："我来大陆学习的时候想法就已经很宽了，以后定居不一定要在大陆、台湾啊，国外啊等等都行，看太太想去哪里，我们就去哪里发展。我的专业可以去适应各地的工作，只要太太高兴。"

两岸一家亲

台湾新郎 陈建宏

大陆新娘 魏秀芝

"我们也会争论，也有红脸的时候，不过还好，我们俩都不记仇，人总是要向前看，不能退后计较，吵完了，妥协了，就又好了。我们之间有约定，不管遇到什么事情，只要爱着彼此，爱着这个家，就要携着彼此的手，向前走，冲到幸福的未来。"

携着你的手，一起向前走

采访过不少的两岸婚姻家庭，台湾女婿陈建宏给我的印象是最深刻的。他是北京大学民商法博士，相比较其他台湾先生的绅士含蓄，他却文雅中带着热情和幽默，能言善道，说话直接，友善意诚恳。

在今年的海峡婚姻论坛上，陈建宏作为海峡两岸婚姻家庭服务中心律师顾问在台上发言，我们这才得知，他不仅是一名出色的律师，还娶了一位大陆的漂亮媳妇。由于当时行程安排紧凑，没有及时采访到他，于是，我们相约，回到北京再聚，再接受我的采访。

这不，在北京一个秋意渐浓的周末，我们履约在一间不大但十分典雅的茶室，我再次见到了这位工作中严谨认真、生活中幽默爽朗的台湾女婿陈建宏。

"本来今天要带着太太一起来的，不巧的是她出差了，有点遗憾。在家庭方面，我太太其实比我更能说吧！"一落座，陈建宏便笑着说道。

虽没能亲见两人在一起的甜蜜，但在随后与其太太魏秀芝的微信中，亦能浓浓地感觉到他们的那份爱。

命中注定"我爱你"

2000 年，台湾基隆的小伙子陈建宏 31 岁，从台湾文化大学毕业，有了一段时间的法律服务经验，但想着大陆会有更大可以施展的舞台，便又选择来到上海攻读法学硕士。也就是这样的选择，使他在复旦大学的校园里，遇见了他生命里的另一半——23 岁的内蒙古姑娘魏秀芝。

"因为我是在复旦念书，太太当时是在学校接受电脑培训，我们在校园里偶遇。没想到正是这次偶遇，使得我对她一见钟情。然后就开始追她，然后就在一起了，然后就有了很好的结果……"讲起两个人的相识经历，陈建宏仍记忆深刻："我一直都认为，我们俩能在一起是命中注定的，很早之前，就有命理先生为我算过，说我的姻缘一定是在距离家（台湾）很远的地方。太太的家人也给她算过，说她也是要嫁到很远的地方。事实证明真的是这样啊，我这个南方人在大陆娶了一个北方的姑娘，而她嫁给了我，一切仿佛都是自然而然的，缘分好像就是等在那儿，等着我们相遇、相知、相爱，尔后，相守一生。"

说来是些唯心的话，陈建宏却觉得那是冥冥之中的安排。

相识没多久，两人就一同去了魏秀芝的家乡，近36个小时的火车旅程让陈建宏很是难忘。陈建宏说，"真是不亲身体验，就感受不到大陆的幅员辽阔，一路的景色都是我以前在台湾不曾见过的，正如在课本里看到的'风吹草低见牛羊'的情境，一望无际的大草原，远离灯红酒绿的城市喧哗，在辽阔无边的茫茫草原上感受蓝天与白云，在星星点点的蒙古包中感知游牧的生活，一下子打开了我的心胸，那感觉，很美好。喜欢那里，喜欢生长在那里的人，发自内心的喜欢"。

因为喜欢而生爱，一切似乎都是顺理成章，经过这一趟的出游，两人的情感更加深了。

但是，或许对于魏秀芝来说，一个相差8岁、不黯世事的女孩子，对于一个成熟练达而又有能力、品位的男生的崇拜仰慕之情，才是他们恋爱的开端。

"太太是北方人，对喝茶基本没有什么概念。我记得第一次到我家，我给她泡茶喝，之后她一直跟我讲，自己一下子喜欢上了我泡茶的样子，呵呵。"说到这里，陈建宏甜甜地笑了，幸福洋溢。

不难想象，一套清雅的茶具，一套繁复的工序，一套娴熟的手法，仅仅是一道功夫茶便能让魏秀芝从中感受到一位台湾男孩的品位、细致。如此，想不让人爱上都难呢。

交谈中，能感觉到，陈建宏是那种很容易让人感受到他的古道热肠的人，不管是聊天说话，还是帮忙做事，他都会展现一种非常积极的状态，那是一种很强的亲和力和广博地汲取知识的能力。不论是学业、专业，还是娱乐八卦、体育文化，他都懂，就像本百科全书。

"他不管和哪个层次的人都能很快成为朋友，被人接受，他了解的东西特别广泛。就让我很喜欢。"魏秀芝以微信告诉我，虽然随着年龄的增长，她现在不像从前那样崇拜自己的先生了，但内心的喜欢却一直实实在在

地存在着，哪怕是生气吵架，只要想想先生这些优点，便会找出理由说服自己，将两人的感情坚持下去。

而在陈建宏眼里，太太人好才是最本质的，他欣赏她，欣赏她的人品，也欣赏她的纯净："她比较干净，人就和她爱干净的习惯一模一样。"

爱情长跑终结果

让人始料不及的是，这样两个互相吸引的人，从确定恋爱关系到步入婚姻殿堂，则走过了整整6年的时间。

最初的时候，两个人谁也没有把结婚当回事。陈建宏自2003年毕业之后，换了好几份工作，在他的潜意识当中，婚姻是需要稳定做保障的。而魏秀芝总是默默地跟着他南来北往，"他在哪儿我就到哪儿"，相互的依靠让两人的感觉就像亲人，结婚便成了只是一种形式。双方的家长也都很开明，没有给两位年轻人多少压力，平时只和他们在网上、电话里"见面"，要不看看照片，建宏的父母直到两个孩子结婚的时候，才亲眼见到自己的儿媳妇。秀芝对自己执着的那份感情有信心："我们的感情没有大起大落，也没觉得一定要马上结婚。"

后来，陈建宏在北京找到了一份相对稳定的工作，他忽然觉得应该考虑考虑结婚的事了。就这样，两人的婚姻水到渠成。

对于陈建宏来说，他要留在大陆发展，首先必须在经济层面获得稳定的生存和发展机会；其次，就是以地域和行业关系为纽带扩张社会关系网络，包括和大陆法律界人事的关系，和可能的服务对象建立的关系，还包括一些私人的情感关系。他只有确认自己可以站稳脚跟之后，才会想扎下根来。而对于秀芝来说，一个小女生默默地跟着他碾转往返，6年下来，总希望结束那种心灵的漂泊感。于是房子，这个极具归属感、安定感、安全感指标意义的物件，就成为了两个人争议的焦点。

太太说："我觉得结了婚以后，应该是安家落户了，应该有个房子。可是他觉得没关系，认为有经济来源就好，但我觉得有房子会更加踏实一些。"

陈建宏说："北京房子太贵，我也考虑到自身目前的条件有没有能力去交这个首付。当时，其实心里还有一种想法，就是考虑要回台湾去。"

眼看着最初看好的市中心的房子，从一万三一平米涨到四万五，看着自己的年纪一天天大了，先生还无心要个孩子，魏秀芝心里压抑极了，就这样，两个人开始吵架，甚至嚷出了"离婚"。但吵归吵，嚷归嚷，只是生活泛起小波澜，爱情如湖，乾坤不变。

两年之后，转机出现了，陈建宏取得了律师从业资格。自此，通过一段时间努力打拼，两人在北京买了房子，爱情的结晶也随之诞生。自从小宝贝降生之后，小两口的主要精力就集中到了他身上，相互间的感情反倒有了进一步发展。两个人一谈到那个活泼可爱的小家伙，开心幸福的表情便会从眼睛、嘴角满溢出来。

魏秀芝在微信上敲出了这么一段字：现在回头看看，对先生当年的决定也就有了更多的理解，任何一个家庭都会有问题点和冲突点，关键是怎么沟通解决："总的来讲，我们俩还是比较默契，包括生活习惯和生活模式，我很喜欢和他一起出去，一起吃好吃的，感觉步调是一致的。"

俗话说，相处容易相守难。当爱情进入真正的相守阶段，面临着真实而琐碎的婚姻生活，两个人还是免不了有一些观念上的碰撞，尤其是两个人成长在不同的社会环境当中，即便是受同一种文化的熏陶，在面对一些事的时候，也未必会产生同等程度的感受。这既取决于每个人的个性特征，也与人的心理和精神需求密切相关。

"大陆有些方面和台湾相比还是有些不同的，适应的过程中，我难免脾气急躁，对这点太太还是很理解我的，生活的品质好了，自然就快乐了，有了走下去的理由和动力，婚姻才会长久。"陈建宏坦言，"但是两人因为两岸之间的政治现实，或是生活上的小事，也不可避免地会产生一些文化或价值观上的差异。我们也会争论，也有红脸的时候，不过还好，我们俩都不记仇，人总是要向前看，不能退后计较，吵完了，妥协了，就又好了。我们之间有约定，不管遇到什么事情，我们只要爱着彼此，爱着这个家，就要携着彼此的手，向前走，冲到幸福的未来"。

让更多家庭冲到幸福的未来

由于长时间的分离阻隔，两岸司法制度的发展，也各自经历了不同的轨道。作为律师，陈建宏有着更专业的见解。

在台湾，司法制度的改革，长久以来着重在于司法独立的制度建立上；在大陆，则重点围绕着建构司法的严肃性、权威性。不同的出发点导致在台湾，过度偏重审判独立的维护，法律外专业能力的参与迟迟未能制度化，人民参与审判的机制过于保守；在大陆，过度偏重在裁判内容的质量问题，影响司法公正，加上专家参审没能制度化，反而陷入质量不能快速提升的恶性循环。陈建宏在来大陆之前曾给台湾著名律师李永然先生当过助手，现在大陆凯文国枫律师事务所实习，因此，可以算得上在两岸都有一些律师服务经验了，已经具备律师资格的一线从业人员，他对两岸的司法制度衔接上的问题感受更深："台湾不会有什么立案标准。大陆太大了，每个地方的立案标准也不尽相同，立案的程序会随着标准和各地方上的认知而产生差异。由于大陆各地刑事或民事认知角度存在差异，这就会造成一些台湾人和台商的困扰。在进入司法程序以后，两岸在诉状内容上也有差异，收费方面大陆也相对高些。"

陈建宏认为，也正是因为大陆的快速发展和法制建设有很大的提升空间，给台湾的律师从业人员提供了很多的机会。

　　陈建宏、魏秀芝的宝贝儿子现在快两岁了，但是户籍办理过程的繁琐，还是让两人苦恼了很久。陈建宏说，他原本希望孩子能够落户北京或天津，但因为难度很大，最终还是选择了台湾，因为按照大陆的相关规定，台商的孩子可以在两岸都享受平等的教育机会，而大陆的孩子还不能够在台湾享有这样平等的权利，考虑到孩子今后的教育和发展，

他会选择让孩子在大陆接受教育，户籍设在台湾。即使如此，这对初为人父母的夫妻，还是着实体会了一把两岸分隔所带来的种种不便。

因为孩子出生在北京，需要放弃大陆户籍的声明，要到配偶所在地公安局办理手续，需要公证，再到台湾入出境管理局办理相关证明，整个手续的办理不能一次性完成，前后花费近3个月时间。"我需要公证，我的孩子是我的孩子。"说起这个话题，太太魏秀芝显得很无奈，对于感情来说，那一纸公证书显得是多么的冰冷与苍白啊。

陈建宏认为，台湾社会现对大陆配偶的歧视性政策已完全没有存在的必要了。因为，两岸关系越来越深入，交流越来越广泛，加上两岸之间的经济生活越来越趋同，经济条件已经退居影响两岸婚姻家庭的次要因素，越来越多的男男女女为情感追求走到一起，他们在尽自己的力量奉献两岸、奉献家庭，因此两岸的政策需要实现对接，两岸的观念需要趋于一致。除了大陆的诚意和努力，台湾当局也应当继续改变限制性思维，为越来越多的两岸婚姻家庭输入正能量，营造更多幸福的氛围，让更多像他们一样的家庭有信心携子之手，一起冲向幸福的未来。

两岸一家亲

台湾新郎　彭尹儒

大陆新娘　陈　露

她长相甜美，性格爽朗；她将两岸婚恋比成坐过山车，充满刺激且甜蜜；她说，"嫁到那边就好比赌博，不知道是输还是会赢"；之后，她说，"我觉得只要有爱，什么问题都可以克服，重要的是包容，还要有敢闯、敢为、敢当的勇气"——

幸福要靠自己勇敢地抓在手上

在众多的两岸婚姻采访对象中，大陆新娘土家族姑娘陈露给我留下了深刻的印象。

她长相甜美，性格爽朗；她将两岸婚恋比成坐过山车，充满刺激且甜蜜；她说，"我们嫁到那边，就好像赌博，不知道是输还是会赢，也不知道前面是个火坑还是糖窝，所以去了之后，你才知道"；之后，她说，"我觉得只要有爱，什么问题都可以克服，重要的是包容，还要有敢闯、敢为、敢当的勇气"……

敢为：她把幸福抓在自己手里

1978年出生的土家族姑娘陈露，来自湖北恩施一个大山里。2002年，在武汉市经营一家小餐厅的她，没有想过自己会与台湾有什么联系，更没有想到自己的后半生，会交给一位隔山隔水的台湾先生。

"我先生叫彭尹儒，来自台湾新北市，我们是麻将为媒，那时候我先生是我牌友老公的好朋友，他是第一次到大陆，我朋友约我一起出去玩，就这样我们4个人一起去武昌的东湖坐船，去爬磨山，为了给我朋友和她老公一个空间，刚好也给我和我老公认识的机会，这样我就带着我未来先生走在一起，3天下来，没想到彼此都互相留下了好印象。我觉得非常非常热情地尽了地主之谊。在我先生的心里，我这个个子不高、脸蛋不漂亮、却很可爱、很真诚的湖北姑娘，给他留下了非常深刻的印象。"说起最初的相遇，对面的陈露眉宇间，透露着一如初恋般的幸福。

缘分就此开始，回到台湾之后，彭尹儒无法忘却这个天真可爱的小姑娘，两个人经常在网络上联系。对于单纯的陈露来说，多了一个远在台湾的朋友，时常联系是件很正常的事。陈露说，"一开始并不觉得他是在追我，朋友们都说他是在追我，我还不信"。直到彭尹儒很快就从台湾再次飞到武汉来对她表明心迹时，她才明白他的心意，相信朋友们的话了。

陈露说，"在我们交往的那两年，我先生每个礼拜五中午会从台北飞香港再转飞武汉。到武汉已经是晚上了。就这样来来回回一个月飞4趟，也给航空公司做了很多贡献，行程累积的常常可以兑换免费的机票。我先生1.86米的身高，那个时候体重才80多公斤，体格、外貌都不错，话不多，人也挺稳重，找对象确实是个不错的人选，而且当时我也24岁了，在山里算大龄青年，所以就决定交往看看"。

就这样，两个原本隔着千山万水的年轻人走到了一起。可是相爱容易，却也并不仅仅是两个人的事，面对距离，陈露的家人起初是坚决反对的。

知道女儿交了个台湾男朋友，陈露的爸爸强烈反对，除了距离太远舍不得，陈爸爸更担心的是对台湾不了解，一辈子都没有踏足过的地方到底是什么样子？女儿嫁过去以后要过什么样的生活？一切都是未知数，面对心爱的女儿，陈爸爸心里毫无底气。

"没办法，我决定先带我准先生回去给爸妈看看。"聪明的陈露决定让彭尹儒用"实际行动"来打动家里人。

"我们是秋初回去的，天气已经有点凉了，我先生可以说是盛装打扮，笔挺的西装、白衬衫、领带、皮鞋，这对穿习惯了休闲装的他来说，实在是个挑战。我是典型的'先斩后奏'，没有提前告诉爸妈我带男朋友回来，到家后，爸妈很惊讶，我妈妈非常热情，因为之前发生过一个小故事，爸爸对他没有横眉以对，只是很客气。"

原来，从山下到陈露家还要走5分钟的山路，那天两人刚到家，还没落座，就听见山下有人在喊陈爸爸，陈爸爸听见声音，抓起背篓就往山下跑，那天天阴阴的，好像快要下雨了，彭尹儒看见陈爸爸跑，二话没说也跟着跑。"先生不会走山路的样子有点好笑，我家那天买了煤球，刚好送来，煤球不能淋雨，所以我爸爸要赶在下雨之前把1000多个煤球背回家。我先生"可爱"地追上我爸爸，马上就把背篓抢过来背，我家的背篓比较小，在我先生背上实在是很滑稽。花了大半天，他们两个终于把煤球全部背回家了，当然也损坏了很多煤球。因为这次背煤球，我爸爸态度改变了，晚餐的时候还和我先生喝了酒。我妈妈对我说，你爸爸应该是答应了。"想起这段经历，陈露开心地笑了起来。

可事情远没有那么顺利，陈露说，"爸爸态度是改变了，但还是没答

应让我们结婚，所以在回武汉的时候，我偷拿了家里的户口簿，我们在武汉登记结婚了。在我家乡，登记没用，一定要举行传统的婚礼才会承认我真的嫁人了。还好，经过重重困难，父母还是尊重了我的选择"。

2004年初，陈露在家乡举行了土家族的传统婚礼，11月，带着亲人的祝福，陈露跟着彭尹儒去了台湾。

"走的那天，我爸爸把我和我先生叫到他房间，拉着我的手对我说，你现在是彭家的人了，你今天去的是台湾，不是在家附近，做任何事都要三思，你出去代表的不是我陈家，代表的是湖北人、恩施人，一定要自重。现在不是陈家和彭家那么简单，是代表的台湾和湖北，不能给家乡人丢脸。"陈露自豪地说，"在台湾这么多年，凭着自己的努力，应该讲，这些我都做到了，我没有辜负爸爸的教诲。"

敢闯：她为家庭闯出了一片天

到台湾了，彭尹儒家人口不多，妈妈和两个妹妹。因为大妹妹工作忙，所以她的两个孩子都是陈露的婆婆带，大家虽然都有自己的家，但都住在一起，一家人很和睦。

陈露说，"那时候规定要到台湾两年后才能去申请工作证，我是个闲不住的人，而且很怕爱打麻将的老毛病再犯，于是决定偷偷出去工作。为了早点融入新的环境，我去一些卖场如家乐福、爱买、大润发兼职，我很认真地做每一份工作。台湾的卖场都是家庭主妇带孩子来逛的比较多，特别是假日，或是夏天，人多到挤不动。我是兼职，是外面的行销公司外派到这些卖场的，只做假日，所以每次的商品都不一样。我热情、嘴甜，而且没有家乡口音，所以生意特别好，那段时间我在公司奖金都是领得最多的。

2005 年 5 月，到台湾才半年多，不甘总为别人打工的陈露从摆地摊开始，终于盘下了第一家服装店，在夜市开始了自己的"夜市人生"。这一晃就是 10 年。

"据我观察，台湾的上班族工作装都很正式，衬衫、西裤、皮鞋。那时候专卖男女衬衫的只有 G2000（衬衫品牌），当时我心里就有了想法，没来台湾之前在大陆服饰公司上过班，所以这个领域对我来说很熟。闲暇时候，我就叫我先生带我逛台北的夜市，发现并没有比较像样的女装

衬衫，反倒是男装比较多，我花了两个月的时间做调查，买女生衬衫一般要去百货公司，没有中等价位的不说，款式都还比较单一，所以我决定要在夜市卖女生衬衫。"

打定主意，得到先生的支持，陈露每天下午5点就一个一个夜市地跑，找地点、谈价格，巧的是，陈露小姑的男朋友也在夜市卖衣服，刚好不想做了，陈露立马接了下来，店面不大，台湾的2.3坪（1坪等于大陆的3.3平米）而已，但陈露已经很满足了。店有了，衣服还没准备，聪明的陈露先找了男装来寄卖，同时请了一个很资深的设计师，告诉她自己的想法和理念，设计完成后再送去大陆的工厂打版。

赶在2005年的春节，陈露的第一批货回来了，一切准备妥当。陈露说，"当时就想，趁过年我要拼一下。果然，反映非常好。第一天，因为人手不够，不知道会有这么多客人，我和先生两个手忙脚乱地卖了新台币3万多元（夜市是从下午5点到午夜12点）。有了前一天的经验，第二天，我又动员全家出动，两个小姑加婆婆一起来帮忙，那天卖了12万，一个春节下来，营业额超过新台币100万元"。

2006年，觉得在台湾做这个行业不错，越来越有信心的陈露开始在台湾找加盟商。想起自己的打拼之路，陈露坦言，"其实一开始并不是很顺利，没有人相信我的业绩，也没有人觉得有市场，我决定先给她们货，月底我再和她们结账，我派人送货，派人盘点，这样的生意当然有人愿意做，所以我一次找到了两家，连我自己的一共有了3家。不过，这两家都是台湾人，她们跟我一起到现在，以前我的衣服只是占她们店的3分之一，现在全部都是我的商品。从2006年到现在我一共加盟了6家，其中有3家是陆配姐妹"。

那时的台湾民众对大陆的认知还停留在上世纪70年代，他们普遍认为，大陆物资缺乏，缺吃少穿，电器用品当然更不用说，加之一些负面的新闻报道，人们对大陆嫁来的新娘是没来由的歧视。而在夜市里讨生活等于把自己放进歧视意识最浓的人群之中。说起自己在夜市里的经历，陈露百感交集。

而现在，陈露可是台湾夜市里的名人。用她的话说，台北八大夜市，无人不知"大陆新娘陈露"。在夜市卖衣服的她，凭借个人魅力和好好为人处世，改变了大家对大陆新娘的观感。

嫁到台湾11年，陈露说，她的生活"没有很精彩，但也不平凡"。夜市生活不容易，是丈夫的爱，让她坚持下来。刚开始因为个子小，别人以为她很好欺负，但她经过自己的努力，征服了那些想欺负她的人，受到了大家的尊重。这让她非常自豪。

敢当：她用心关爱家人朋友

陈露的公公很早就过世了，或许了解女人的辛苦，刚到台湾时，婆婆对陈露疼爱有加，怕她饮食不习惯，都会另外做饭给她吃，怀第二个小孩时害喜严重，婆婆更是无微不至地照顾。

可在儿子约2岁时，婆婆却突然像变了一个人，不仅不帮忙带小孩了，还嫌陈露不做家事，家里杂乱，而每天忙于店面的陈露那时也是年轻气盛，心想，"我这么认真打拼，为什么还总是要挑我的毛病呢？"为了跟婆婆赌气，每天手牵一个怀抱一个带着两个孩子去夜市出摊，也不让婆婆看孙子孙女。这样的日子持续不长，却让陈露感觉快走不下去了。

冷静一段日子以后，陈露开始思考婆婆为何变成如此？经过了解得知，婆婆表妹家娶的大陆女子，不仅好吃懒做，而且把他老公的全部积累赌掉不说，还将仅剩的做生意的本金，窃取回大陆不回台湾了。自家亲戚里眼睁睁地看着发生这种事，加上婆婆的表妹又说"大陆妹很厉害的，赚的钱会全拿走，也会把您儿子拐去大陆"，婆婆的牌友又添油加醋，婆婆立马对陈露变了样。"这还了得，就只有陈露老公一个儿子，万一要真的像他们所说的那样……"慈祥的婆婆不再那么"慈祥"了。在得知这些原委后，陈露心里有了底，她马上"行动"。这一面，去找了婆婆的表妹，跟她讲道理，每个家庭的情况不一样，更不能将别人的经历放在自己身上，制止别人再在婆婆面前传言；另一面，陈露拿出极大的

　　诚意并通过情同姐妹的小姑，还有儿子和女儿等多管齐下，用亲情感动婆婆，并给婆婆安排了很多事，让她根本没有时间再去会牌友了……失去了动摇婆婆的基础，家里久违了的和谐又回来了。

　　而今，婆媳关系更好了。有时，陈露躺在婆婆的床上听婆婆讲她当年如何受欢迎，如何与不曾谋面的公公相遇相知等年少趣事。看着陈露的勤劳、孝顺又节俭能干，常有邻居或夜市的朋友问陈露，"有没有妹妹或姐姐介绍给我们呀"？陈露用她的真诚和智慧赢得了婆婆、亲朋好友及台湾民众的认同与尊重。

　　2008 年初，一个偶然的机会，陈露与福建籍新娘卢月香相识，并因有着带领姐妹共同致富和争取公平权益的热情，而与另外 5 人开始筹备组建台湾中华生产党。2012 年底，为提升家乡地方医院的医疗技术，陈露组织医疗团队回乡参访。同年，陈露在台湾湖北恩施同乡会被推举为秘书长。

　　陈露亦热心公益，随着经济条件的提高，从偶尔捐款给基金会，变为定期认养育幼院儿童，积极为两岸的育幼院牵线搭桥成为相互交流的使者。但凡有愿意做生意的姐妹，陈露都是让姐妹们先从她那进货，待销售之后再扣除进货货款，这种优厚条件帮助了一个又一个姐妹走过经济及婚姻危机，她也因此结交了一群自立自强的好姐妹。

如今的陈露不再是那青涩任性的小姑娘，她现拥有一家从接定单、打样、制做到销售的一条龙的服装公司，亦与志同道合的姐妹成立经理人公司，为来台湾投资、就学观光的大陆同胞提供第一手资讯及相关服务。近期又被推选为台中陆配关怀促进会台北分会会长，陈露最大的心愿就是能帮助更多的姐妹摆脱经济危机，在姐妹们有困难时能及时送去温暖和问候。

两岸一家亲

台湾新郎 陈昭志

大陆新娘 刘 叶

两个人都是"学霸"，细细体会两个人的婚恋故事，好似两个人的恋爱故事沾染着一丝"傻气"，婚后的柴米油盐生活也略带着一丝"书生气"，横贯其中却是满满的"幸福气"。刘叶和陈昭志的婚恋故事——

跨越海峡的"学霸"组合

在我认识的两岸婚姻当事人中，陈昭志和刘叶夫妇是最特别的，两人都是实实在在的"学霸"出身，太太刘叶现在北大做科研助理，而先生陈昭志依然还在北大念书，且博士都快念到"后"了。

采访约在一家咖啡馆，忙碌的夫妇俩还是给足了我时间，我们聊的很愉快，先生陈昭志有点"贫"，像个大孩子，完全没有太重的"书呆子气"，什么话题都能引起他的兴趣；太太刘叶则温婉细致，有着"夫妻相"的俩人，还真是般配。

边学习边恋爱

陈昭志是台中人，2012年9月，台湾中兴大学毕业，之后，在考虑升学还是就业时，对学习很有天赋的他，没作多大考虑就选择了继续深造。

"影响我到大陆上学，其实是2011年在读硕士的时候参加的一次暑假活动，当时是参加了到东北师范大学对口的夏令营交流，觉得大陆很不错，一下子改变了我之前对大陆的想象。当时我已经报考了台湾的台师大和这边的北大、清华，结果都考上了。后来选择了北大"。陈昭志回忆说，"我的家在台湾算是小康，爸妈都是工人，弟妹也还在上学，家里面爸爸是很开放的，来大陆的选择妈妈比较担心，但我从小自理能力就很强，高中就去南投念书，后来考上嘉义大学就到嘉义，当兵之后就去桃园，属于一直在外奔波，来到大陆一开始只觉得不过是换了个远一点的地方而已，没想到能在这里落下脚了，更没想到的是还能遇到我生命中的另一半，所以缘分是很美妙的"。

2012年元月，陈昭志在一次同学聚会上认识了太太刘叶，说来也巧，两个人都有一个共同的朋友。"我的博士同学是太太的硕士同学，所以同学一起聚餐什么的就比较容易处在一起。好心的同学可能也有心撮合我们俩吧，就特意介绍我们认识，而我第一眼，就动心了。"陈昭志回想着两个人认识的细节，脸上流露着掩饰不住的甜蜜。

相比陈昭志的"一见钟情"，刘叶当时的感觉却没有那么浓烈，她回

忆说："我之前去北大听过课，和他有见过面，但不熟，同学说一起吃饭，叫上他一起，我当时没觉得有什么不妥。一顿饭吃下来感觉他挺普通，人品不错，没有一见钟情的火花，可能因为两人的家庭比较相似，比较有共同语言，我当时还想继续考北大博士，因为是一个专业，觉得比较有话聊，所以一个礼拜以后，他约我，我便没有拒绝。"

　　陈昭志至今还记得，自己在同学聚会完的当天晚上，就给刘叶发了短信，一周以后，他单独约了刘叶出来，去了中关村附近的电影院看了场电影，一起吃了晚餐，那天晚上两个人聊了很多，工作、生活、感情……这一聊，让刘叶原本"波澜不惊"的心也泛起了"涟漪"，她回忆说，"我们俩从交往到结婚都比较顺利，没有特别拆散我们的阻力，平淡中见真情嘛"。就这样，两个人开始确定了恋爱关系。

　　时间过的很快，转眼就放寒假了，自从到大陆求学便没有回台湾过年的陈昭志"留守"在北京，他说："连着两年，我都是在宿舍过年，在台湾读书，本科的时候就没有回去过年，当兵的时候留守，也没回家过年，所以习惯了。但自从认识了她，感觉就不一样了，她放假回家，我就很舍不得，临别的时候送了她一只鸭子娃娃，心有灵犀的是，她当时正好也送给我一只北京烤鸭，感觉好巧。她走了以后，我就真的开始掰着指头过日子啦。"

2013年9月，陈昭志跟刘叶一起回了趟自己的老家辽宁锦州。陈昭志托爸爸从台湾准备了一瓶高粱酒和一些猪肉干去见刘叶的父母，结果当天晚上就被准岳父"教育"了一番：大陆这边酒是送双不送单的，搞不清楚状况的陈昭志直呼尴尬。"不过准岳父岳母对我还是很照顾的，把她（刘叶）的小房间给我睡，他们睡大房间。一家人在一起看电视、聊天，几天的时间，岳母变着法儿的给我做好吃的，小鸡炖蘑菇、饺子、各种饼、海鲜等等，现在想想还馋呢"。

边恋爱边生活

从辽宁回来以后，陈昭志和刘叶选择了一个普通的日子，登记结婚了。两个人在北京，过着他们温暖的小生活。

陈昭志的贴心让刘叶一直享受着满满的幸福感，出差在外打电话不方便，不经意的时候会收到先生甜蜜的短信，提醒自己注意天气变化，照顾好自己；只要出差回来，不跟同事一起，不管多晚都会去车站等着；头天工作晚了，早起一定有爱心早餐准备着；不忙的时候，约着两人共同的好友，去郊区踏青健身；假期，大连、云南、南京……都留下了他们甜蜜的身影……这种温暖的生活，让刘叶很踏实。

而在太太刘叶的心里，至今仍记得陈昭志向自己求婚的情形："有一天晚上，我去北大听课，在教学楼2楼的边上，先生就没有铺垫地直接问我，你到底想好了没有，到底要不要跟我一起，让我又好气又好笑，觉得求婚怎么这样，我的期望中应该是有音乐、有鲜花、有花瓣，结果什么都没有。我当时没说话，因为又有事，着急走，好像就说了，哪有求婚这样子的？后来先生问我想要什么样的，我说了自己的想法，不久，他在学校买了一束花，一路坐公交车去我家找我，还说车上人都看他，拿花好不容易的，又怕挤，又怕压，好辛苦的。当时很开心，也很感动，抱了他一下，感觉他好傻。"

2014 年 7 月，刘叶去了趟台湾。对于第一次台湾之行，刘叶直说今生难忘。"我是拿个人游的签证过去的，大概待了 12 天。让人崩溃的是我们俩是分道走的，先生是先回去的，他说他回去要先办手续，我去了能直接玩。结果，他给我准备的手机没开通国际漫游，不知道什么原因不能用，我们直接失联了，一下飞机我就愣了。后来一个好心的大姐把手机借我用，先生其实是在出口等我，可我当时就想这是要让我自己再坐飞机回去么？"

刘叶说："其实，我们两个家庭对台湾和大陆的认可都挺强的，没有一点排斥，有时候我母亲还会劝我，说我和先生如果有矛盾可能也是因为成长环境有差异，所以父母都比较开明。为了不让父母有压力，我第一次带先生回去的时候就说我带他回去不代表就一定要结婚，不一定去台湾，父母则说顺其自然吧，你们将来喜欢在哪个城市，就去哪，虽然我是独生子女，可父母并没有给我们压力，一直都是理解的。我和先生就开玩笑商量，工作的时候就在北京，养老的时候就去台湾。"

边生活边磨合

虽然两个人只领了结婚证，还没有举办婚礼，但一切都在他们的计划之中。

刘叶说，"我们的婚礼定在今年的暑假，现在还没办，他也在上学，只有寒暑假才有碰在一起的时间。我们得益于现在政策比较方便，见面也比较顺利，两家两个地方都会举办婚礼。蜜月这个事我要求一定要有的，可是暂时还没提上议程，时间太忙了，一般都是先生配合我的时间。今年过年原计划还是要回我家，可能先去台湾，还没定。我现在还在办理面谈证……"

刘叶说，"大多数在大陆的台湾人基本都是经商的，先生还是比较特别的。像我们这种普通的家庭，普通的婚姻，我真的没有特别觉得先生是台湾人怎么怎么样，我就觉得他是我老公。他也觉得在北京就像回到家乡了，交友圈基本都不是台湾的了，而是大陆的，算是完全融入大陆了。先生还是一个大小孩，即便结婚了，还是一个很真诚、很善良的大小孩。我觉得要孩子是要有规划，而先生是觉得顺其自然。我比较爱操心，而先生是比较不会操心的。我硕士是在北师大念的教育经济与管理，所以我的视角在教育上多一些，他的视角在经济管理学上，别看他学历、理念比较高，可是实际操作就很少，比如在家尝试做饭，不管我怎么做，他都觉得好咸，后来我们家放盐的勺子都是买有刻度的。他总是纠结做饭太咸或者太油。我没办法就买很多老干妈、豆腐乳、咸菜啥的。后来我到北大工作后，我们基本都在学校食堂吃饭，先生的生活自理能力相当于 5 岁儿童。干家务活儿他也实在不在行，很多时候你明明刚刚收拾好屋子，一转眼，他能又

把它糟蹋的面目全非，真是一点办法都没有。"

　　说到这里，陈昭志看着太太，冲着刘叶嘿嘿地笑，当真像极了一个犯了错的小孩子。而刘叶分明说的话里，带着浓浓的甜甜的蜜……

两岸一家亲

大陆新郎 何 山

台湾新娘 黄于婷

两个天南海北的典型 85 后新生代，
两个在不同社会环境里成长的年轻人，
就这样跨越海峡开始用"爱"，继续书
写中国百姓、炎黄子孙一段非典型的关
于"两岸一家亲"的人间小事。他们曾
经文艺过，现在则光荣着——

未来，幸福可期

与何山、黄于婷夫妻结缘，实属"惊喜"。月中去外出差，忙碌中晚收了好些邮件，回到单位的第一件事就是梳理邮箱，很快便发现一封不一样的来信："易编辑您好！我和太太都是《台声》杂志的忠实读者，我们也是一对目前生活工作在厦门的两岸夫妻。订阅贵刊已经进入第二个年头，"情感／两岸一家亲"栏目是我们最喜欢的内容。读过了那么多对幸福温馨的两岸婚姻，在收获感动与找到知音的同时，也萌生了要把我们自己的小故事、小经历、小确幸分享给大家的想法……最后附上我们的结婚证以证明故事主人公的真实性……"往下寻找，真的发现一对璧人翻拍的结婚证照片。

我自然迫不及待地回复了邮件，经营这个专栏近4个年头，大多数都是我主动去采访、倾听别人的故事，第一次，遇到如此主动的夫妻。就这样，我们相识。就这样，我知道了他们美丽的爱情故事。

文艺过，光荣着

时间拉回到2013年10月22日傍晚，地点在厦门环岛路一家度假酒店的沙滩上，有一对新人正在这里举办一场西式的户外婚礼。婚礼规模不大，双方亲友宾客百余人在场见证。婚宴也是典型的中西式自助餐，喜酒则由专业调酒师现场调制，取纯正的金门高粱为基酒。淡紫色绸缎搭起的方形仪式舞台、搭配了同色系缎带的白色椅套、鲜花布置的拱门和路引、射灯点亮的初秋夜空、供宾客留念的"拍立得"摄影区……海天之间看似简单的场面，在细节上却流露出了新人的用心设计，彰显了新人的品位和理念。

"选你所爱，爱你所选，今生今世，永不离弃。"新娘的父亲亲手将女儿交给新郎后，语带哽咽地送上这四句祝福。

"从今天起，何山和婷婷已结为生活上的伴侣、事业上的同志。希望你们在今后的生活、工作中，做相知相爱的好夫妻，做孝敬父母的好儿女，做兄弟姐妹的好榜样，做同事们的好帮手，做大家的好朋友。"新郎的爸爸在答谢过现场来宾后，向一对新人提出了这样的期许。

新郎则引用了孙中山先生书与宋庆龄女士的两句话"精诚无间同忧乐，笃爱有缘共死生"作为婚礼仪式的结语。既是对伟人夫妇高尚情操的向往，也是对自己婚姻许下的庄重诺言。

虽然与传统闽南地区的婚礼在形式和流程上多有不同，但简短温馨的仪式令台下亲友宾客无不为之动容，现场洋溢着随和的互动与幸福的气氛。

有人说，他们俩是距离很远的一对儿，男孩来自齐鲁大地，女孩来自宝岛台湾；有人说，他们俩是距离很近的一对儿，大学时男生是厦大音乐系的，女生是厦大美术系的；又有人说，他们俩是很幸运的一对儿，因为他们打破了毕业就分手的"魔咒"，执手从校园走进社会开创人生胜景；也有人说，他们俩是很辛苦的一对儿，因为先生是一名人民警察，妻子则成了一位标准的警嫂，聚少离多，但也无怨无悔。

两个天南海北的典型85后新生代，两个在不同社会环境里成长的年轻人，就这样跨越海峡开始用"爱"，继续书写中国百姓、炎黄子孙一段非典型的关于"两岸一家亲"的人间小事。他们曾经文艺过，现在则光荣着，未来幸福可期。

冥冥之中，情定厦大

何山4岁学钢琴，14岁学声乐，凭借艺术上的特长于高三那年，也就是2005年考取了上海、广州、厦门的3所重点大学。青春的不安与躁动，再加上渴望脱离亲友圈的束缚，以便用更自由的身心去看看外面的世界，他毅然选择了举目无亲、也更为陌生的厦门市，填报并顺利被录取进厦门大学艺术学院音乐系。尽管身为家中的独子，但本身从事文化部门管理与高校教育的父母，用一贯以来的开明、包容态度支持了儿子"远走他乡"的梦想，怀着万般的不舍将儿子送上山东济南飞往福建厦门的航班。

与此同时，海峡对岸的台湾金门，黄氏三姐妹中的老三——黄于婷，

一个从小学画，屡获嘉奖的美丽女生，也面临着高中升大学的第一个人生岔路口。彼时，她已取得了分别位于台北、台南两所大学设计专业的录取通知书，而且还通过了大陆高校对港澳台联合招生的考试，取得了厦门大学艺术学院美术系的入学资格。考虑到当时大姐正在英国留学，二姐在台北读书，最小的弟弟也将要面临服兵役，出于兼顾学业与照顾父母的心，懂事的黄于婷放弃了更为熟悉的文化和生活氛围，选择了地理位置离家更近，但却完全陌生的大陆城市厦门。黄爸爸与黄妈妈带着同样的不舍将小女儿送上金门水头码头驶往厦门东渡码头的客轮。

"他将长成一棵南方的大树／带着北方质朴的头脑、胸怀／任凭星星闪烁陌生的眼睛／把他的命运永远主宰。"何山很喜欢托马斯·哈代的这首诗。在与山东老家的气候、饮食、文化、方言完全不同的海滨城市厦门，他以典型山东男孩的豪爽、仁义，秉持从小接受的孔孟之道，在异乡显示出了很强的适应能力。沐浴着温软的阳光海风，徜徉在学风自由、校园如画的厦门大学，何山如鱼得水。除了完成本专业的学习外，对政治感兴趣的他还修读了行政管理第二学位。从大一时起，他就开始做起对未来事业的规划与知识储备。精力旺盛、热心公益的他，还被选为艺术学院、公共事务学院、化学化工学院三院联合学生会的副主席。

与人口稀少、清新安逸的金门相比，厦门商业的繁华、文创活动的密集显然正合了台湾爱美女生的口味。美术出身、主修艺术设计的黄于婷，把与姐妹淘逛街、看展览也当做了另一种学习，在购物的同时也留心捕捉和积累时尚设计的灵感。眼界的开阔和不凡的品位回报在了学业上，不仅各科的设计作业常获老师同学的好评，她还拿到了港澳台侨优秀学生奖学金。再加上闽台两地各方面环境的相同，使得黄于婷在生活上也顺风顺水，无忧无虑的享受着大学时光。与充满进取心、喜欢缜密思维、未雨绸缪的天蝎座男生何山相比，巨蟹座的黄于婷则充满了典型的温顺柔和、随遇而安、感性保守的特质。

不知不觉，校园生活步入了大四最后一个学期。此前并无交集的两人没有因为时光流逝而就此错过，在缘分的眷顾下，一条看不见的红线牵引着两人越走越近，爱神也急着叫醒在感情中沉睡的这双男女。首先醒来的是何山。由于大四最后一学期仅剩论文答辩和毕业演出两项任务，空闲的时间相对多了起来。和其他人一样，何山也在抓紧最后时间参加各种系内外的同学聚会，联络情谊。某次聚会席间，几位同学聊到了美术系的黄于婷。作为同属艺术学院的何山，当然早就对这位来自台湾的、气质相貌称得上校园女神级别的焦点人物有所耳闻。有爱心、举止优雅、讲话柔声柔气似志玲姐姐，把"谢谢"、"不好意思"常挂嘴边的台式礼貌，爱猫、爱美食、有一手好厨艺……这些见闻，也曾让无数次在校园间、教学楼与之擦肩而过的何山砰然心动过。但他在校园社交与组织活动上的卓越能力，显然没有移植到追求和结交女朋友方面。这次聚会席上，何山没有参与过多交流，孑然一身的他只是在心中默默记住了朋友无意间传递的一条信息："美术系系花黄于婷目前也还单身，她曾向闺蜜透露要找就要找一位踏实、可以依靠、可以带来安全感的男生，至于是大陆人还是台湾人则没有要求。"

　　临近大学毕业的校园情侣，总是会在此时收敛起4年来的任性与激情，变得理性和谨慎起来。毕竟前路未知且充满变数，就此劳燕分飞的不在少数。而何山却反其道而行之，多年养成的内敛与理性一扫而空，决意追随内心，向那位心仪的台湾女生展开告白。在一位双方共同的好朋友的联络下，何山与黄于婷，在距离毕业仅剩3个月的时候，开始了第一次接触。也就是这次接触，本文女主人公的爱情随之被唤醒。

　　第一次约会两人聊了什么，他们自己都记得不是很清楚了，只记得约在筼筜湖白鹭洲上的一家画廊里看展。初次见面的紧张在所难免，互相连手机号和QQ号都忘记了留，但这并不妨碍彼此心中已种下了印象甚好的种子。

　　接下来的时间里，两人各自忙于毕业事宜，其中有段时间黄于婷还因家事临时返回台湾了一阵子，感情木讷的何山，由于没有"趁热打铁"，还以为刚开始的恋情就要被海峡隔绝。还好，这连浪花都算不上的小波折，随着女生带着一点小嗔恼，主动要了男生的联系方式而复归平静。至今男生仍被酸说是当时欲擒故纵，有意不联系的。再之后，随着两人联系的增多，女生终于下了决定，毕业后"为爱留厦"，陪男生一起打拼。

心心相印，共筑爱巢

毕业后，何山沿着大学时规划好的路，顺利通过了福建省秋季公务员招考，被福建省厦门监狱录用，正式成为了一名公务员、一名监狱人民警察。黄于婷则凭着扎实的美术功底和对彩妆的热爱，加盟了法资 LVMH 集团旗下的化妆品连锁品牌丝芙兰厦门分公司，成为了一名彩妆培训师。在从大学向社会过渡的这场考试中，两人都算顺利的完成了答卷，开启了各自的事业。接下来他们还将面临两场来自双方家庭的考试，其成败或许会影响这对热恋情侣刚刚萌芽的爱情。

双方的家庭在各自的社会环境和宗亲圈子中，都算得上是既传统又开明的那类。这从两家人从小对子女严格的教养、长大后则不过多干涉子女自主决定的共同点上可以看出。但毕竟摆在两家人面前的是一道终身大题，且各自在制度、文化、地缘、习俗等方面有着明显差异。这道题，考验孩子，更考验着双方父母自己。他们还能保持对成年子女那样开明的态度吗？

2010 年，在何山、黄于婷毕业留在厦门后的第一个春节，北方的亲人、对岸的亲人都来到了厦门。虽然是第一次见对方父母，但半年多在电话、网络上的沟通，已经让双方家长对"赶考者"有了初步的认识和了解。比起会见时从头到尾都忐忑不安、生怕哪里做的让父母不满意的两个年轻人，双方父母心头的忐忑、疑问和担心一点也不少。自己的宝贝女儿一个人在陌生的大陆能否过得幸福？会不会被欺负？生活有没有保障？今后能否融入夫家的生活？自己的独生儿子在异乡生活上有没有人照顾？双方能否找到共同的价值观和共同的语言？两岸婚姻会不会对儿子的公职产生消极影响？虽然这一系列的担忧不可能因为一次的会面就得到令人放心的答案，但双方伟大的父母再一次用开明取代了偏见、用鼓励取代了质疑、用尊重取代了专权。求同存异、过过看、成年儿女的幸福就交给儿女自己去把握、正视今后生活中可能出现的困难、未雨绸缪、同舟共济、对自己的行为负责等等，4位家长用过来人的经验和远见一一提醒这对年轻情侣。当然，能让双方父母做出同意放行的决定，也是何山、黄于婷这两个孝顺的年轻人从一开始就各自积极努力的善果。他们各自承担起了在伴侣与家长间润滑剂的角色。同时，有问题自己解决，宁可报喜决不报忧，让父母少一些操劳和担心。

在这次会见后，又经过了往返于山东、金门的多轮"面试"，何山、黄于婷获得了更多彼此亲友的认可。特别是山东小伙经受住了58度金门高粱酒这道必考题的考验。两个年轻人得到默许，随后搬入了何山父母在厦门购置的一套二居室，正式开启了共建家庭之路。父母省吃俭用，为了儿女的幸福生活，为了营造一个无后顾之忧、只需努力打拼、努力生活的环境，让两个年轻人从一毕业就得以安稳的起步。每每想到此，何山心里都会充满了感恩和内疚。

终于生活在了同一屋檐下的小情侣，比以往有了更多相处的空间。他们怀着对未来美好憧憬的心情将属于自己的小家庭布置一新，却发现家庭生活并不只有浪漫和甜蜜。随之而来的柴米油盐酱醋茶，工作与家庭连轴转的奔跑，以及时时需要面对的一切生活琐事，还是让他们这对刚步入社会的新鲜人有些应接不暇。时常让何山感到惭愧的是，作为独生子的他，从小衣来伸手饭来张口惯了。应试教育体制下，父母对学业的看重远远超过了对生活能力的要求。不会做饭、家务不精，这部分的担子自然而然偏向了黄于婷一边。于婷从小上有两位姐姐，下有一个弟弟，谦让、包容、关怀、协作、自立、换位思考等这些当今社会最金贵的良好品质早已天然的种下。此外，她从小就利用课余时间参与到家族的餐饮生意，帮爸爸妈妈、阿公阿嬷打下手，既养成了完整的家务能力，又学会烧得一手好菜。所以，居家过日子的磕磕绊绊，总能消弭于女孩的柔情与容忍间。久而久之，也对家里的男子发挥了潜移默化的影响，让何山在不好意思中，学会更好的生活、学会多一些体谅、学会互相的照顾。

青青子衿，两岸归心

家庭生活的和谐也助推了何山、黄于婷两人在工作上的良好发展。作为一名监狱人民警察，并且在大学期间就加入了中国共产党的何山，在全新的工作岗位上继续延续着大学时期那股子学习的热情与干事的果断，继续表现出极强的适应能力。工作短短一年时间，就完成了从一名普通大学毕业生向合格监狱人民警察的角色转换。由于职业的特殊性和保密性，小两口之间鲜少交流先生的工作情况。本身就对政治、法律没有多大兴趣的黄于婷也很少去询问他的工作。但有一点，作为监狱人民警察妻子的她是清楚的：那就是自己先生这份工作的对象是因为触法而遭到监禁的服刑人员，先生的工作是具有一定危险性的。所以黄于婷每天早晨在何山将要出门上班之前，都会叮嘱他开车要注意安全、工作也要注意安全。由于住家离监狱较远，有一个小时的车程，晚上先生很晚下班回到家，做妻子的她都会煮好夜宵，然后给先生捏捏颈椎、揉揉背。

因为工作关系，何山要定期在监狱24小时值班，虽然几年下来做为妻子的黄于婷已习惯了这样时常要独守空房的日子，但她说，只要是何山不在家的日子，她经常都会想念先生，哪怕只有一天的短暂分开，也觉得

像是过了许久。他们最长的一次分开要数何山去福州参加入职前的集中封闭式培训，共 70 天的两地分居，中间只能趁着休假一天，何山搭乘动车早出晚归回厦门见了一面。就这 70 天，让黄于婷感受到了自己在台湾的女性朋友，对正在服兵役的男友的相思之情。还有一次，何山参加了从福建往西北某省调犯的行动。由于全程坐火车走铁路运输，来回需要 10 天时间，且任务艰巨、责任和风险都很大，而且不便使用手机联络。独自一人在家的黄于婷，天天都会为先生念阿弥陀佛，祈求先生一路平安。何山此行顺利归来后，获得了从警以来的第一次上级机关嘉奖。

已有 5 年警龄的何山如今已晋升为二级警司，工作也由原来的一线执勤押犯，变更为在监狱机关教育科从事全监狱服刑人员的文化教育、职业技术教育课程的编排与规划。何山说，他喜欢从事教育工作，看着服刑人员把刑期变为学期，掌握了一门技能回到社会后马上就找到了工作，特别的开心。随着大陆与台湾交流的密度加大，两岸监狱矫正机构也经常互访、取经。何山就多次接待台湾地区法务部门来宾到监狱参访，并为他们讲解监狱教育改造情况。他还亲身参与了两届"海峡两岸服刑人员艺术作品展"，选送的服刑人员书法、绘画、陶艺等作品在两岸都获得了好评。他笑称，这都是学美术的妻子熏陶出的审美眼光。

婚后的黄于婷结束了之前在法资化妆品公司的工作，选择了继续深造与时尚、彩妆有关的课程，并考取了多本两岸及国际相关专业证书。在没有课程的时候，她笑称自己是全职警嫂。她认同先生的职业，她懂得这份职业的意义，也明白自己有幸成为警嫂的光荣。一边深造、一边学做全职太太，她希望自己能更加配得上"警嫂"这个在海峡两岸都受人尊敬的称呼。

现在的他们，生活中处处充满着小确幸。对于未来，夫妻两人也有着相同和各自不同的理想和愿望。相同的愿望是他们想在不久的将来为自己的小家庭再增加一名小成员。妻子希望在一年的深造结束后继续从事一份自己喜爱，但也要有一定时间陪伴先生、照顾家庭的工作。先生的理想则一如既往的远大，展现着作为一位有抱负男性的雄心，他希望能够有机会

多去做一些政府和民间层面有利于两岸加强互信、互利，以及各领域交流的工作。同时，他还有一个小小私心，希望近期国家关于"裸官"治理的行动可以出台更加细化的规定。随着两岸三地人员往来的日益频繁，像他这样与原本就是台湾籍、香港籍普通民众联姻的情况应区别于配偶原属大陆籍，而后迁往境外的"裸官"之情形。经过事前严格政审的合法跨境婚姻，不应被贴上"裸官"的标签。更何况大陆与台湾本就同属一个中国，两岸人员联姻是家事，是亲上加亲。

何山、黄于婷夫妇自称他们俩是两岸关系大时代下受惠的一对小夫妻，长辈的认可、单位的包容、社会的认同、政策的开放，才让他们没有经历早期两岸夫妻所遇到的坎坷，就顺利走到了一起。没有那些为两岸关系正常化及和平统一而努力奔波的人们，就没有现在这个开放、融洽的好时代，而他们两人这段跨越海峡的情缘也就不可能圆满。

两岸一家亲

台湾新郎 陈维礼

大陆新娘 蒋兰倩

她在台湾17年，他在大陆17年，两个人都在对方的"家乡"扎下了根，有了自己的事业，有了自己的人脉，有了自己的习惯。但即使天各一方，爱情依然甜蜜，婚姻保持温度。她说，我们这才叫——

"爱情呼叫转移"

第一次见蒋兰倩，是在厦门举办的第二届两岸婚姻家庭论坛上。她先生陈维礼是台资企业苏州金鸿顺汽车部件股份有限公司的总经理，她自己则是台湾真善美音乐学苑的负责人。那会儿，几组两岸婚姻家庭正按会议日程在台上和大家分享自己的"幸福经"。轮到她时，她在台上幸福洋溢，我在台下静静倾听。不知不觉，真的就被她吸引：高挑的身材，优雅的装扮，时尚的发型……岁月不曾在她身上留下些许痕迹，真正是女人味儿十足。同为女性，亦被她身上散发的气质深深吸引。不禁在想，这样出色的女人，能站在身边的，该是一位什么样的男人呢？

顺着她的眼神，我"找到"了那个男人，坐在我旁边的陈维礼。从太太蒋兰倩上台的那一刻起，他的眼神就没有离开过。修长的个子，绅士的装扮，温柔的眼神，两人还真是天造地设的一对。真想好好听一听两个人的故事，可是兰倩实在是太忙了，全世界各地跑，很多时候都不忍心打扰她，所以采访一事便一直往后推，一直到近日她来北京办事，我们才得以再见面。虽然已是半年之后，再碰面的我们还是格外的亲，一个下午的时间，东四大街的一家咖啡馆，兰倩带着她的闺蜜，我们一起分享了她和先生浪漫的爱情故事。

"拼命"的追求

"我们都老夫老妻了，很多事情都想不起来啦！"见面第一句话，蒋兰倩便"叫苦不迭"，但是等坐下来，记忆里那些难以抹去的片段，总还是历历在目。

1996年，陈维礼还是台湾裕隆汽车公司的大陆区总经理。那时候，蒋兰倩刚从湖南师范大学音乐系毕业两年。在一次朋友聚会上，蒋兰倩第一次见到了陈维礼，"其实那天晚上我对他并没有什么特别的印象，更没有多说几句话，仅仅是礼貌性地打了声招呼，谁知道就那一次见面，他在我的世界里再也没有消失过。哈哈。"个性爽朗的她回忆起和先生相识的经历，格外开心。"那时候，我每天都会到一家饭店弹钢琴，而他每天下班就会到那家饭店，坐在同样的位置，听我弹琴。时间久了，连服务生都认得他，知道他每天固定喝同样的东西，一杯可乐加柠檬。"

为了追求蒋兰倩，陈维礼可以说是绞尽脑汁，因为那时的兰倩正值风华，身边不乏追求者，搭讪、请吃饭、送花这样的小招数，对兰倩一点用也没有。眼看两三个月过去了，一点进展也没有，陈维礼有些坐不住了："真的是追得很辛苦，过程也很辛苦。"终于，他想到了一个让兰倩无法拒绝又很自然的方式：利用自己在湖南大学担任汽车相关课程讲授的关系，把兰倩比较敬重的老师请到饭店吃饭，邀请兰倩参加，这让兰倩无法拒绝："那我就不好意思不去了，去了之后就发现他这个人蛮正派的，挺有自己的思想。时间久了，接触深了，他再约我，或者单独约我的时候，防备心就没有那么强了。"

问兰倩，先生的一往情深必有原因，是什么原因呢？兰倩乐了，"这个是不是要给我家先生打电话，问问他才知道！哈哈。其实他有跟我讲过，最初只是把我当作红颜知己的，没想到越陷越深，无法自拔，就'放手一搏'，一定要追到我"。

或许在先生陈维礼的眼里，学音乐、搞艺术的蒋兰倩是高雅的，有点形而上；学工科，做经营汽车制造的自己是缺乏艺术细胞的，有点形而下。当人生经验在音乐这方面比较缺乏的陈维礼遇到弹得一手好钢琴的蒋兰倩，很自然就会有种好感跟美感。面对一个如此"可心"的女孩，当仰慕之情越来越深的时候，当感情实在无法压抑的时候，一切的"阴谋诡计"，一切的"挖空心思"也都显得顺理成章了。

在上世纪90年代，两岸间的交流远不及现在这样热络频繁，要让兰倩下决心嫁到台湾去，让她的父母能够放心地让她去，陈维礼的努力尤其重要。由于有25岁的年龄差距，当家人知道她在与台湾人谈恋爱时，表现出的是一种强烈的置疑和反对。对于蒋兰倩而言，从小独立的个性让她毫不退却。用朋友的话说，也只能找像先生这样的"老"男人，才能"驾驭"得了自己。但为了照顾父母的情绪，两人的爱情只好转入"地下"。他们的恋爱从"暗"到"明"，又从"明"到"暗"，反反复复，几经周折。

最终，陈维礼的诚意还是打动了兰倩父母的心。

1997 年 6 月，两人的婚礼在长沙一家著名的大饭店隆重举行。婚礼那天，除了双方的家属外，时任长沙市市长，市台办、市公安局负责人和相关单位的领导，以及裕隆公司在长沙的代表等数百人出席了那场曾经轰动长沙市的婚礼。

同年底，陈维礼奉命调回台湾总部，蒋兰倩随之一起来到台湾。

"互换"的生活

到台湾后，蒋兰倩几乎走遍了台湾的山山水水，结交到了许多当地的朋友，有了自己的朋友圈子，对台湾社会有了较深的了解。

过了很长一段时间"全职太太"的生活，从小性格独立的蒋兰倩觉得不能将时间荒废下去，萌发了结合两岸好的教育理念，开办一所艺术培训中心的想法，"我到台湾的时候，大陆经济发展还相对落后，我在台湾看到的大多是质疑的眼神。我心里很不服气，我有知识有专业又年轻，在台湾我一样会做出事业来"，在先生的支持和鼓励下，蒋兰倩终于梦想成真，"真善美音乐学苑"开张了，在兰倩的努力下，学苑一天天走上正轨，越来越多的孩子在这里找到了起飞的音乐梦想。

"在台湾做事情，不要太讲排场，而要注重细节。"蒋兰倩说，在大陆时，她也参观过一些私人艺术培训机构，这些机构动辄有十多间甚至数十间的琴房，规模甚巨，可他们对环境却不在意，要么毫不修饰，要么简易装修，给人感觉特不好。到台湾后，蒋兰倩发现，台湾人特别注重服务的细节体验，像环境好不好、老师是否细心等等。

为此，聪明的她很快在学校里处处注重细节服务，不但给学生提供满意的课程教学，还定期地带学生参加音乐会，让学生感受音乐氛围，进而加深对音乐的酷爱。更为重要的是，她还要求学校每个月都要给所有学生举行一场小型的音乐会，让他们有展示自我的舞台，也让家长看到学生的进步和成长。

在她带领众多老师的悉心教授下，台湾孩子有了另一种清新的感觉。看到自己学校培养的孩子在一次次音乐比赛中取得不俗的成绩，兰倩很开心。

不仅如此，随着两岸交流交往日益热络起来，热心的她还积极为湖南和台北的音乐文化交流活动搭桥，且忙得不亦乐乎，乐在其中。

那是一次回湖南探亲时，蒋兰倩萌发的想法。"那次我接触到了湖南交响乐团，他们真的非常棒，当时我就想要把他们邀请到台湾去演出。经过我的努力，湖南交响乐团终于得以成行，在台北的"国家音乐厅"博得了掌声。从那以后，我的精力就不仅限于儿童音乐培训了，我开始为促进湘台音乐文化交流而努力，牵线搭桥为我的母校和台湾方面建立院校师资交流，同时也为我们台湾的音乐学子创造来大陆演出和学习的机会。"

而以汽车制造业为专长的陈维礼也有一个梦想，那就是为中国的汽车底盘事业做出一番贡献。经过一番考量，他还是选择到大陆发展，因为大陆的市场比台湾大得多。蒋兰倩说："我家先生一直说，为什么两岸隔了六十年之后还能在一起？其实还是一个感情问题。相隔多远不重要，海峡两岸无形中总有一座感情的桥在衔接。我们也一样。虽然我们相隔两地，但现在交通、通讯这样发达，我们每个月都能够相聚。他爱这份工作，放不开，那我也爱这份工作，也放不开，所以就分散在两地。"

渐渐地，两个人都在对方的"家乡"扎下了根，有了自己的人脉，有了自己的习惯。虽然不能天天相守在一起，但两个人都养成了一个特别的习惯，每天晚上睡觉前，陈维礼如果没有听一段音乐就睡不着觉；蒋兰倩若是没有接到先生的电话便会着急。蒋兰倩说："我们相知相许，在共同的理想及共通的生活中，找到了彼此的喜欢。遇见他是缘分，也是前世的姻缘今生再续。"

这样"互换"的生活一直延续到今天。

"适当"的距离

有人说：音乐是女人，女人是音乐。音乐给人以憧憬和幻想、回忆。音乐是天使的语言，它最容易触动我们的心灵，带给我们至美的享受。而弹奏音乐的女人多少也就多了点不食人间烟火的感觉。然而，生活毕竟不是音乐，总少不了琐碎的细节、喧嚣的主题，那么，陈维礼和蒋兰倩之间又是如何在这世俗与高雅、繁杂与精致之间找到契合点呢？

蒋兰倩说，就像人们欣赏音乐一样，有喜欢的跟不喜欢的，生活中也有习惯不习惯的，这时，求同存异是必然的："我常讲说婚姻是上天对人类最大的一个惩罚，他把两个不一样的人，过去几十年都不认识的人放在一起，让他们在一个屋子里面共同生活，然后要他承担她的一切，让她承担他的一切，这里面假如没有很大的准备是怎么能够继续下去呢？所以有人说欢喜冤家，不是冤家不聚头。夫妻重要的就是求同存异，不要轻易去否定对方。还有一点很重要的是，要给彼此空间，保持一定的距离才能让两个人的感情时刻保鲜。"

　　整个下午，我与兰倩的好友闺蜜晓玲姐一起，好奇地"挖掘"着这对"老夫老妻"的故事。言谈中，兰倩的"女王范儿"十足。但只要讲到先生陈维礼，兰倩对先生一直都是尊重之间透着幸福，幸福之间透着甜蜜，一点也看不出岁月在他们婚姻中留下的痕迹。蒋兰倩说那是因为自己嫁了一位好丈夫，而自己又懂得去珍惜："女人一定不能停止学习，各方面的知识都得吸收，不能只待在家里做'井底之蛙'，因为男人是一直都在外面接受新事物的，如果你不学习，不增长自己的见识，回到家里两个人没有办法沟通，时间久了，没有了共同语言，关系也不对等了，感情也不会好到哪里。"

　　蒋兰倩说，先生带给她很多幸福，虽然他们没有孩子，但是两个人却相处得很融洽："回想两个人走过的这么多年，首先得感谢我的父母，能够同意我嫁给他，我跟先生在台湾的家人相处的也特别好，公公在世的时候，特别喜欢吃我做的菜，经常会给我打电话说今天想吃什么菜了，然后我就会做好送给公公吃。"

　　蒋兰倩说："先生的秘书经常会跟我讲，每次给陈总订餐，再好的东西他只吃三分之一，每次都皱眉头讲阿姨做的饭不如我做的好吃。而我去到他那边，他一周之内准能胖一圈，不过结婚前，我可是从来都没下过厨房，这些都是结婚以后才学的。"

　　但是生活也会有小插曲，蒋兰倩笑着说："有时候真觉得大男人也有小孩子的一面"，先生也有"无理取闹"的时候，"你知道智能手机有些时候会出一些故障，有一次他打电话给我，我电话真的就没响，就不知道啊，然后他就很生气，我就跟他解释，但是他还是很生气，我也就怄气不理他，干脆电话挂掉。隔了一会儿他又打，但就像什么都没有发生过一样，他完全忘了。每次都这样，我们就是这样，来得快去的也快。其实这样蛮好，不会有隔夜气。哈哈。"

　　蒋兰倩幽默地说："我在台湾17年，他在大陆17年，所以我们是立足两岸胸怀两岸，只不过是角色变换掉了，我在台湾搞文化，他在大

陆搞经济。我们有一个特色，我们都是党的儿女，只是不同的党而已，他是国民党党员，我是共产党的女儿，我们都是军人后代，他是国军将领的儿子，我是解放军的子弟，所以我们有我们的特色。我们的结合说明：我们中国人，不同的党也是可以结合起来的，深深地结合。"

整个采访过程轻松愉快。这期间，更被兰倩独立自信、优雅大气的气质打动，正如她所说，"现在的大陆女性独立、自信，不论是在大陆还是在台湾，都会过得一样精彩。如果当年不嫁到台湾，我在湖南一样会过得很好"。

两岸一家亲

大陆新郎　张　研

台湾新娘　林茗歆

她是台湾姑娘，是美国康乃尔大学毕业的高材生，是亲子田文化教育科技事业机构、温州台海文化交流有限公司董事长，是成功的商人；同时，她也是大陆媳妇，是知性贤淑的妻子，是疼爱孩子的母亲，甚至是与病魔抗争的"斗士"——

但不管是何身份，她是幸福的

初见林茗歆，她在台上动情地讲述着自己嫁到大陆来的种种趣事，我在台下，使劲儿地摁着快门，甚至都没有听清楚她讲述的内容是什么，但是在嘉宾们阵阵的掌声中知道，她的讲述一定很精彩。

活动结束后，我便约她。她爽快地答应了我的采访要求。在宾馆的咖啡厅，我们一聊，便忘记了时间。她身上有太多的闪光点：

她是台湾姑娘，是美国康乃尔大学毕业的高材生，是亲子田文化教育科技事业机构、温州台海文化交流有限公司董事长，是成功的商人；同时，她也是大陆媳妇，是知性贤淑的妻子，是疼爱孩子的母亲，甚至是与病魔抗争的"斗士"。

但不管是何身份，她是幸福的。她的幸福，源于她在大陆遇见的这份姻缘。她的幸福故事，会感染你、打动你，甚至激励你。

背起背包闯大陆

林茗歆的家境十分优越。在他人眼中，她应该在家族企业做轻松的工作，领份丰厚的薪水，过几年，找个身份背景相似、门当户对的丈夫，过着富小姐、富太太的生活。

然而，她没有。"我对自己说，我不要这样，我要做一份真正属于自己的事业。"她笑着说起当年闯大陆温州时的信念，谈笑间依然有着当年的执着、豪迈。

2004 年夏天，26 岁的她，带着开创自己事业的梦想，孤身一人独闯温州。近 10 年的时间，她不仅创办了包括乔登美语等 4 所学校的亲子田文化教育科技事业集团，创造了温州市幼教市场的奇迹，还在大陆收获了幸福美满的家庭。

"我在美国念完研究所，回到台湾后就很想创业，美国的教育挺鼓励学生创业的。创业当然最好就来大陆啊。因为我对大陆是不陌生的。父亲退休之前在广东工作过，我小时候也在广东成长，有很多亲戚在昆山。小时候非常叛逆，总想去一个没有人认识我的地方。这种想法一直蔓延到我来温州创业。刚好有个亲戚的朋友成了台湾乔登美语浙江总代理，但当时杭州、宁波已经有人在经营，我评估后认为，温州应该最有发展机会。就这样到了温州啦！"讲起当初为何选择在温州落脚，林茗歆给了我如此答案。

温州，对于刚从美国留学回来的林茗歆来说是陌生的，何况她是孤身一人前来创业的。人生地不熟，给学校选址就是一大难题。林茗歆每天只能靠自己拿着温州地图，坐着三轮车跑遍温州的大街小巷去选。一天之内她要仔细调查一两个地方，连续两个月下来，她看了不下 70 个地方，终于在 2005 年 1 月 1 日在江滨西路创办起第一所乔登美语学校——亲子田外语培训中心。

因为没有名气，学校开学后，生源成了一大难题。没有学生，林茗歆就带着公司全体员工去温州各个幼儿园门口发传单。为了吸引孩子的目光，林茗歆准备了许多漂亮、好玩的小礼物，乘孩子摆弄礼物的几秒中，与驻足的家长攀谈上一两句话，请他们留下联系方式。林茗歆觉得在温州，

只要东西好，就不怕没市场。

每逢节假日，林茗歆会组织学校的老师走进各个社区，以及大型商场免费讲学。在人流较多的地方，租个场地，以生动新颖、原汁原味的美语教学打动家长和孩子。一到圣诞节，学校还会举办盛大的主题 Party，孩子们都可以免费参加体验。那段时间，林茗歆几乎都是早上六七点钟去搭建活动舞台、布置现场，晚上 9 点钟活动结束后还要收拾场地，一直忙到夜里 11 点多。就这样，学校开办后逐渐建立起口碑，生源也不断增多。

经过一段时间的经营，林茗歆发现温州市场竞争很激烈。于是，她就开始不断创新个性化教学。这期间，她引进了国外儿童剧、美语栏目、乐智小天地等项目。另外，学校更注重人的互动教学，实行小班化教育，一个有 15 名学生的班级配备 3 名教师。

在将国外原汁原味的教育理念、模式引入温州市场时，林茗歆又遇到了一些难题。在大陆，小学以上的孩子因为功课压力等原因，让其接受国外的一些教育模式会相对较难。并不是家长或孩子不愿意接受，而是他们不见得有那个时间。于是她将方案重点更多地放在两三岁的幼儿园小朋友身上，这个年龄段的孩子会更有时间和精力去尝试一些新东西。

现在，亲子田集团下属的项目除了乔登美语、乐智小天地、亲子田外语培训中心外，还有光明幼儿园、《HELLO 美语》栏目、一对一少儿击剑队等多个项目。林茗歆说："所有新项目的注入都是为了更好地为幼儿教育服务，只要是能让我教学更好的东西，我都会去尝试、去努力。"

未来除了做好温州市场，林茗歆称，她还会将视野投向整个大陆，而且她会一直专注于文化教育领域，以求带给大陆小朋友真正不同的东西。

一见钟情订情缘

2008 年，当林茗歆在温州的事业正要起步时，她经常感到莫名的疲累与焦躁。年底回台湾后，在妈妈的安排下，她去医院做了一次全身健康检查。检查结果出来，林茗歆竟罹患淋巴癌，且是二期末。

紧接着就是一连串折磨人的治疗，化疗让林茗歆头发掉光，放射线治疗让她整个人处于极度虚弱状态。

熬过整个疗程后，林茗歆没有马上回到工作岗位。她独自跑到洛杉矶，借住在一个同学的家里。喜欢大海的她，每天跑到海边看海，沉淀自己，想着一些过去很少能静下来想的事情，直到2009年初才又回到温州。

大病之后，林茗歆说，她更懂得体谅别人，不再那么焦躁，也不再对别人与自己那么严苛。

2009年春节刚过，林茗歆不畏艰险、自立自强、勇敢乐观、积极向上的创业精神震撼了中央电视台国际频道《台商故事》栏目组，栏目组决定去温州拍摄林茗歆的创业故事。而就是这次拍摄，却拍出了一段跨越海峡的美好姻缘。栏目组里的摄影记者张研，一下子闯进了林茗歆的世界，再也没有离开。

5天的采访行程，随着采访的深入，林茗歆毫不保留地将自己的故事和盘托出，以及刚刚结束的那场病痛，她尽情地在两位记者面前展露自己的喜怒哀乐、酸辣苦甜，也将自己内心的情感世界表露无遗。慢慢地，张研深深地为眼前这位既活泼可爱、又知性温柔的女孩，所表现出来的积极乐观向上的人生态度所吸引。

采访第3天，栏目组要去仰义高尔夫球场拍摄外景，因为林茗歆已将少儿高尔夫、少儿马术、少儿剑术等高档运动引入温州，并深受家长及小朋友的喜爱和欢迎。

这天，为拍电视而每天早起晚睡的茗歆已经很累，张研见状便自告奋勇地当起司机。聪明的小伙子照着温州地图竟顺利地将车开到目的地。他停稳汽车，回头一瞧，不禁乐了，原来林茗歆美美地睡着了，还睡得很香呢。

当林茗歆揉揉睡眼，伸着懒腰，惬意地说："真舒服，我还从来没有在别人开的车里睡得那么沉，那么香呢！"张研忽然生出一种要一辈子照顾她的冲动和欲望。这样好的女孩居然至今仍单身，她多么需要一位男生来呵护她、照顾她！

"第4天下午，采访临近结束，他就找机会把其他工作人员都支走，然后把门关起来，很认真地看着我说，'我追你，好不好？'霎时，我就被吓到，台湾男孩子也不会这样。我说可是你离我很远啊，他说没关系，我可以常过来。我说那我可以考虑看看，他就很开心，觉得我说考虑看看就是没有拒绝他。"

其实，林茗歆在几天的频繁接触中，也对高大帅气、体贴入微的张研生出一种浓浓的亲情感，但碍于女生的羞怯，她并未敢往那方面去想。如今，他主动说，虽觉有点儿不适应，但她还是说出了句"可以考虑看看"。

那次采访完后，林茗歆就去澳洲看望自己的弟弟，在她的心里，并没有把当时那种可能是因为"一时的悸动"而放在心上，毕竟两人分在两地，能会有什么结果？也许时间长了，对方就淡忘了。

可对于张研来说，思念从相识的那一刻起便已无法停止。林茗歆从澳洲回来以后，他第一时间从北京飞到温州，短短的几天对于他来说，已经是"一日不见，如隔三秋"。就这样，两个年轻人的感情迅速升温，建立了恋爱关系。

林茗歆说，"在别人眼里，我们认识只有几个月就结婚了，算是闪婚，但说来也巧，他采访我的时候我妈妈也在，妈妈是个很清高的人，很少有被她看中的男生，我以前交往过几个男朋友，都没有入她的法眼，没想到，她却一眼相中张研，觉得这个男生很不错。反倒后来是叫我爸爸来，我当时很紧张，结果爸爸看他还不错，对他很喜欢。爸爸还曾跟身边的亲戚朋友讲，台湾有好人跟坏人，大陆也有好人跟坏人，只要女儿喜欢，他们夫妻开心快乐，为什么不可以在一起呢？或许是我爸爸喜欢摄影，他本身就是摄影记者，所以两个人很谈得来。后来我们就一起出去玩。我记得，当时我安排了一个浙江的行程，一家人同他一起出去玩了一圈，大家都觉得挺开心的。就这样自然而然，虽然只有短短几个月，但我们就决定要结婚了，因为认定彼此就是命中注定的那个人。"

　　2009 年 8 月，张研和林茗歆在大陆领取了结婚证，并在林茗歆梦想的巴厘岛海峡湾上的一个玻璃教堂举办了一场浪漫的婚礼。

　　至此，两人便"执子之手，与子偕老"。

三地生活苦也乐

　　结婚以后，贴心的林茗歆没有让先生立马放弃自己的工作，因为她知道，拥有一份自己爱好的事业是件很幸福的事情，她很支持先生在北京继续工作下去。但这也意味着，两个人的双城生活开始了。

　　"只要我们谁有空，就会飞到谁的城市聚一聚。说实话，那段时间很辛苦，但是也很甜蜜。"林茗歆回忆说。

　　因为癌症治疗的关系，医生原本告诉林茗歆，她恐怕无法受孕。但2009 年 12 月林茗歆回台宴客后不久就发现，老天给了她第二个礼物：她已经怀孕了。

　　"当时虽然很开心，但因为我的身体状况，化疗刚过两年，我们很担心孩子会不会有问题，先生就放下了自己的工作，从北京来这边陪了我半年，后来医生说没有什么问题，我才回到台湾。孩子是在美国出生的，男孩，快4岁了，现在台湾。我自己很喜欢孩子，很疼孩子，因为有了孩子，我的性格都改变不少，就觉得平时不可以任性像个小孩，我和先生也会因为孩子做出很多让步，就为了给他好的坏境。"林茗歆说

"很多人问我为什么不带孩子去北京，一方面我真的不喜欢大陆的教育环境，虽然我自己做这一块。我觉得，大陆的教育太单一，成绩好就是好，成绩不好就是不好。台湾还是很注重思想品德等全面发展的。我也觉得孩子在自己身边比较好，为了孩子我这几年也做了事业的调整，让我有更多的时间陪孩子，虽然和先生不在同一个城市，我们每天都会给孩子通电话。另外一个方面，婆婆公公的身体不是太好，所以只有放在父母那边。讲起来很惭愧，我一直在做儿童教育，却没有办法将自己的时间都给孩子。"说到孩子，林茗歆的语气柔和起来。

就这样，温州、北京、台湾，一家人分别三地，林茗歆和先生张研也就开始了三城生活。

"我跟先生每月回一次台湾，见一次宝宝。我们一直过着这样的生活，每次我们都是不同的航班飞到台湾，这是因为我们常常不在同一个地方，他要四处采访，我还好，就在浙江附近的上海、温州、宁波来回跑。所以我们现在在大陆很少能聚，反倒是在台湾相聚的时间多。我们每次回台湾大概一个礼拜，白天陪完孩子，晚上等孩子睡着以后，我们会出去看场电影，或者牵手去海边看看海，聊聊天。那是我最幸福的时刻了。其实，两地夫妻真的很辛苦，我们这种夫妻很少有烧菜煮饭的机会，在温州有请阿姨，在北京会在外面吃，在台湾我爸爸妈妈会做，但是我还是很希望能为他和孩子做顿饭，每天早上给他们做爱心早餐。结婚那么多年，他就做过一次北京炸酱面给我吃，我也只包了一次水饺给他吃。很多时候，我只有很乐观地想，其实这样很好，小别胜新婚。这样，我才撑得下来……"

哪怕是短暂的相聚，林茗歆和先生都有表达自己感情的独特方式。"我很感动先生做的小细节，因为我个矮，很多东西我都够不着，他都会趁我不在家的时候帮我做好。当他坐在地上陪孩子玩着积木什么的时候，

我就会觉得很幸福。我觉得幸福浪漫就是很简单的家庭琐事。我也常常在做生意时遇到很多困难，我会打电话给他，他听不懂可还是听我说。开始的时候他会跟我争辩，现在不会，他觉得我就需要一个肩膀，然后在我情绪快要爆炸的时候陪我讲讲话。其实我不喜欢别人用说教方式跟我说话，他知道自己该怎么安慰我。"林茗歆说。

"有时候我会想当年不那么坚强就好了，越坚强就想更坚强。有个朋友是法官，后来为了先生辞掉工作，在家相夫教子，我觉得这也是很伟大的工作。我觉得我的个性比较固执，我不想身边的人为我担心，不想叫累，还好老公很包容我、很支持我。我们女生一直都很需要安慰，我在温州闯事业，先生就默默地陪着我，我觉得这就够了。"林茗歆继续说道。

"我一直觉得，我跟我先生是靠智慧融合的，他让我一下，我让他一下。因为都是学文科的，他学摄影，我学的是社会科学，我们会无聊到纠结文字，也会因为很多文化上的差异而吵架。一开始他对台湾的吃很不习惯，在台湾吃饭会随身携带一罐辣椒，吃什么都带上辣椒。我对北京还好啦，什么都能吃。我先生个子很高，跟女生的距离感就会很高，有时候跟孩子在一起，我总觉得他会把儿子'置入险境'，带儿子玩很恐怖的游戏。上次带儿子踢足球就好几处伤。其实说实话这不是错的，处于爸爸的角度，这是没错的，男子汉就应该有这些很健康的、男性化的运动。可处于妈妈的角度，我就会很担心，你就不会带儿子去安全的地方吗？我讲讲，他听听，这样就不会吵，但他有时候会回我两句，看到我真的生气了，他就不会再说了。大概10分钟，两个人各自做点别的事，回来就当什么都没发生，多半是他主动和好，我觉得什么都是互相的。我们在个性上也是有冲突的，吵一宿都有。但是我们觉得吵架也是一种沟通嘛，互相让一步，吵完之后两个人的感情可能会更好。"林茗歆说。

讲起未来的发展，林茗歆有感而发说，"温州人很讲义气，浙江是一个很崇商的地方。我觉得在温州还挺好。在外面做生意需要很多朋友帮助，温州的朋友会给我很多帮助，姐妹出来吃吃饭、喝喝茶都还不错，我还挺喜欢打高尔夫球。我有很多错误，都是朋友帮我度过的。我觉得我不是很

成功的生意人，还有很多前辈值得我学习。我现在还在复旦念 MBA（台大复旦）。我跟我老公都是很爱学习的，这点很像，我常常觉得自己不足，我需要努力，需要学习"。

她还规划了自己的下一个 10 年，"我希望下一个 10 年可以做得很棒。事业上我希望发展出去，不会只是待在温州了，温州之外，浙江其他城市、长三角都是我发展的方向。生活上我希望能兼顾孩子，我希望不要跟我先生离的这么远，我相信一定会有办法的"。

两岸一家亲

大陆新郎 **罗垠**

台湾新娘 **蒋小媛**

一位是深圳卫视驻北京的涉台记者，一位是台湾派驻北京的新闻记者，因为共同的新闻事业，工作中常常谋面，相互间理解支持，就这样，彼此的爱情"不约而至"了——

一对媒体记者的两岸婚姻情

　　深圳卫视驻京高级记者罗垠与我们是同行，他跑涉台新闻也跑得较多，有时参加一些新闻采访活动我们经常会碰到，但每次都是匆匆忙忙，对他没有更深的了解。偶然在一次采访活动中，与其他同行们说起两岸婚姻，大家说罗垠娶了一位漂亮的台湾姑娘，我们惊喜不已，想着一定要约他好好分享一下他的故事。

　　因为是同行，所以聊起天儿来很放松。但之前约采访时间，可谓"一波三折"，那段时间恰逢中共十八届三中全会召开，忙于会议报道的罗垠简直"分身乏术"，最不够用的就是时间，电话打了好几次，微信更是无数次，才最终满足了我们的"好奇心"，让我们知道了这位能把台湾姑娘娶回家的广东小伙子的爱情故事。

新闻作媒　温火炖爱

　　2009 年 9 月，台湾姑娘蒋小媛被公司派驻北京采访，为期 3 个月。罗垠当时也是深圳卫视驻京的记者，因为都在北京做涉台新闻，很多活动的采访，两个人都会"不约而至"，采访过程中接触的多了，慢慢地，"对味"的两人了解的更深了，不知不觉便走到了一起。

"我们在一起，没有节点性的时间和事件，就是自然而然就变成了男女朋友的关系，命里有的那个人，终跑不了，哈哈。"罗垠爽朗地笑了，这一句话，瞬间让他回到了恋爱最美的时段。

相恋的感觉总是最美好的。虽然罗垠一再强调，两个人都不属于"激情型"，相处中没有什么惊天动地的事情，因为工作关系双方都比较忙，但毕竟是同行，两个人总会有很多共同的话题，见面都有很多事情可以说，而初到北京的蒋小媛又对大陆很多事情不是十分了解，这时候，罗垠自然而然就成为小媛的"活字典"。

因为工作时间比较多，空闲时间少，罗垠和蒋小媛约会都是看电影吃饭，偶有的假期就一起去旅行，天津、四川、哈尔滨、台南等地都留下两个人的足迹。罗垠也一直很认同旅行是增进了解的一个好方式，因为在自助旅行中需要互相照顾，特别是不断碰到问题，而通过解决问题，则可以看出自己在对方心中的地位和彼此的关心程度。

相爱总有最难忘的事情。2010 年的一天，蒋小媛生日，当时她人又回到台北上班，罗垠没有办法短时间赶去台湾与心爱的姑娘相见。贴心的小媛没有因此不开心，下班后，就和公司的同事好友一起去唱 KTV 庆生。此时，人在北京的罗垠其实心早就飞到台北了。为给女朋友一个惊喜，他早早就准备了一台 MACBOOK AIR（笔记本电脑）。这是蒋小媛最想要的，当时 AIR 版本刚推出没多长时间，因为价格高所以一直没舍得买。但细心的罗垠悄悄地记在心里了。这次小媛过生日正是买给心爱的人的最好时机。请台北的朋友代他悄然送到 KTV 时，蒋小媛惊喜得说不出话来……

罗垠回忆说，"我还记得她收到礼物后立刻打电话给我，电话里难掩喜悦之情。帮我的台北朋友事后调侃我说，'你真行啊，用一台 AIR 就换到了一个老婆'。我跟他说，'其实我也心疼，那玩意占我一个月工资的三分之二了，但是既然喜欢一个人，当然要尽量帮她实现她的愿望，买台电脑还是我力所能的，我就尽力啦'。这些话我后来也都跟小媛说了，所以她一直对我没有提过什么过分的要求，偶尔看到名牌包，我能看出她眼睛放光，但是也没有提出说要买，是个很贴心的人"。

"我是不是有的太小家子气啦？嘿嘿。"罗垠笑着自嘲道，"其实，我不太认可世上所说的，为了爱情爱人，什么有一百元可以花一百零一元的哲学，人嘛，实际主义动物，生存应该是第一需要"。

互相包容　甜蜜温馨

经过两年多接触和交往，罗垠愈发感受着小媛身上有诸多台湾女性优点：心地善良，保留了中华传统女性的贤淑，同时又接受了西方高等教育（留学英国），对老人尊敬，对工作也很认真……

"关键一点是能够包容我身上的一些缺点，比如爱评判别人、大男子思想、实用主义等。在同种文化背景下长大，价值观差异不大，彼此认同以及有共同生活目标，让我们决定一起共筑家庭。"讲起太太的优点，罗垠如数家珍，娓娓道来。

虽然双方家人对彼此都非常认可，但毕竟小媛是家中独女，罗垠的工作地点又在北京，离台北较远，很长一段时间小媛妈妈都是非常不舍，可为了女儿幸福，蒋妈妈还是答应了两人的婚事。

有了坚实的感情基础，有了双方家人亲友的祝福，2013 年 4 月 9 日，罗垠和蒋小媛在深圳登记，9 月 12 日，两人在台北举行了婚礼。

婚后，是在大陆还是在台湾生活，成为小两口时常讨论的问题。最终，还是太太选择到大陆来定居。

罗垠并不排斥移居台北，但是他说，"去过台北的人都知道那是个适合生活的好地方，但是因为工作的原因，相较而言，我的工作稳定程度、收入水平都要优于她，因此太太选择牺牲自己，陪我在北京'享受'雾霾。当时她在北京工作因为是公司外派，只有一两个同事，完全没有朋友圈子，对她来说北京是个陌生的城市，包括整个大陆都是一个陌生的地域（她以前来大陆旅行也只是走马观花）。现在要在大陆长期生活，孤单的感觉是难免的。俗话说每逢佳节倍思亲，一到节假日，看着朋友圈或者 LINE 里面台湾的好友各种聚会，她的情绪也一定会受到刺激，如果这个时候我因为工作或者应酬没法陪伴她的话，那种孤独感是可想而知的。每每到这种时候她就赌气说要回台湾，但是我并不生气，我在北京 11 年，父母长期在广东，刚来京的时候也是无亲无故，这种感觉我感同身受，因此我会跟她讲，我刚来北京时'凄苦'的生活故事，住地下室、吃方便面配'老干妈'，告诉她我也是那么一步步走过来的。当然，我不能要求她跟我一样，但是我尽力调整她的情绪，同时多陪她，如果因为工作错过佳节，事后就以请吃大餐等方式补上。她的偶尔蛮不讲理我也尽力迁就她。而且为了不造成两岸分居（台湾记者驻点三个月一轮换），婚后，太太还把自己的工作辞掉，到北京另找工作，在事业方面她牺牲很多，我也希望将来有机会能好好补偿她，实现她开花店的梦想（她妈妈是花艺师）"。

说起如何顾及双方父母，罗垠说，"现在我父母长住广东汕头老家，她家人在台北，我们两人住北京，因为刚结婚，双方父母往来不多。由于广东和台湾生活习惯方面比较类似，所以双方家庭都比较能彼此适应"。

每个小家庭都会有自己的小问题，在大陆组建了家庭，选择因爱情远嫁，对于蒋小媛来说，时间长了，心里多少会有一些小落差，肯定会有"不讲理"的时候，说起这些，罗垠说，"不讲理是女孩子的特权么！还好，我们家小媛不讲道理的时候很少。其实，我们就像每个家庭一样，小吵小闹偶尔有之，但都无关原则性的问题，基本能保持理性冷静的态度，有问题就摆出来说清楚，不留在心里。有什么不舒服，哪怕看来是鸡毛蒜皮的事情，说清楚讨论明白，不让问题累积"。

"因为结婚时间不长，没有小孩，所以矛盾并不多。这几年拌嘴最多或者发生争执的问题都是因为对新闻事件的不同看法。因为政治体制、社会性质等诸多不同，各自又都抱有记者的职业习惯——质疑和探究，因此时常会有争执。其实，我们各自按照各自的逻辑去思考问题，本身并没有错，只是站的角度或者立场不同。但我们双方约定，争执归争执，只就事论事探讨问题，能辩论出胜负也罢，无果而终也罢，都不把这些事情，包

括政治话题带到生活中，以免"影响感情。"罗垠侃侃而谈，掷地有声。

两岸虽然同宗，但是在具体的一些细节方面，还是有不同的表现方式，蒋小媛就经常看不惯大陆有些人不排队、在公车上不让座等一些不良习惯，并会出面制止。罗垠曾经觉得太太多事儿，自己的举动能够改变多少人呢？但是后来想想，这也没什么不好，善良的她愿意以一己之力去改变眼前的不正确行为，其实是值得肯定的。

亲身感触 视角独特

作为一名新闻记者，罗垠对于两岸婚姻也有自己独特的视角和想法。

罗垠说，"我常常在想，有没有一个'台配'联谊会呢？随着两岸婚姻的增加，过去是台湾人娶大陆新娘多，而且都是大陆新娘去台湾当'陆配'，这几年大陆人娶台湾新娘开始多起来，台湾新娘在大陆当'台配'的都会面临举目无亲、没有朋友的局面，时间长了问题也肯定越来越多，如果能像台湾一样，他们对大陆配偶有专门的帮扶中心，除了发挥联谊功能之外，还会做一些培训、帮他们介绍工作等。我相信这样的机构不仅能为两岸婚姻带来福音，也是为两岸关系更深入发展提供另一种方式的纽带和桥梁"。

对于现如今两岸婚姻面临的一些问题，罗垠说得也面面俱到：

第一就是手续烦琐，虽然跟以前相比，目前已经简化很多（跟一些过来人聊过），但是各种认证手续还是很麻烦，因为两岸的文书都无法互认，需要经过公证机构再通过海协、海基两会互送公文，因此，我们还是需要抽出较多时间和精力来办理，这明显是一种浪费。当然，现如今主要是台湾方面，我们在深圳登记手续相对简单，去台湾登记比较麻烦。

第二就是双方待遇问题。我们大陆这边对于台胞基本能实现国民待遇，而台湾对大陆配偶还是有比较多的限制。在就业、医疗、出入境问题，尤其是配偶父母去台湾探亲，手续也比较烦琐。

第三就是居所选择问题。比如一对新人结婚了，是安家台湾还是安家大陆？相较于大陆，台湾的文明程度和社会化程度有一定吸引力，但是工作机会和薪资水平却日益落后于大陆，台湾适合生活，大陆更适合工作，相信很多人都是这么想。另外就是将来子女选择大陆户籍还是台湾户籍。虽然说大陆这几年发展迅速，但是毋庸置疑在一些生活实际问题上，台湾还是有很大优势，比如全民健保、高校资源丰富、升学压力不大等等。所以在这些问题上还需要进一步考虑再做定夺。

在谈到对两岸关系的期许，罗垠说，从两岸目前日益发展的关系看，虽然有波折，但是总体方向是前进而非后退的，目前可以说无论是经济、文化、民间人员往来，早已经发展成中你中有我、我中有你的交织局面了，像现在每年几万对的两岸婚姻就是一个很好证明。两岸人民也绝不会允许60 年隔绝的悲剧再次重演。我很相信，中华民族是个伟大的民族，中国人民有这个能力和智慧去阻止悲剧的发生，中国人永远都是一家人"。

两岸一家亲

台湾新郎 王 仁

大陆新娘 琪 琪

一段默契的婚姻生活，需要两个人共同的付出，更需要两个人有智慧。在充满智慧的"爱"的生活里，就算再繁琐的事情，再多的付出，都会觉得值得，只要幸福。琪琪与王仁的婚恋故事——

幸福是一种能力，与其他无关

总觉得大陆新娘琪琪身上散发着一种光芒，她冲着人微笑的样子，就能给你满满的无距离感，哪怕我们是第一次见面，这种亲切的感觉让我不自觉地想要走进她。

我很快与她约好了时间，午饭过后，初冬的苏州有着暖暖懒懒的太阳，在宾馆的房间，感受着慵懒的阳光，享受着一个与众不同的两岸爱情故事，与我来说，真是一件幸运的事情。

喜欢就要在一起

"我是江苏淮安人，80后，两个孩子的妈妈，琪琪不是我的本名，但我喜欢别人这么称呼我。先生是台湾基隆人，11年前，我21岁，在苏州上大学，一次同学聚会认识了先生，我们交往差不多一年，见面第6次就结婚了，一直到现在……"

话匣子一打开，琪琪便向我娓娓道来："与先生初次相识的时候我们都没有男女朋友，所以互相有好感，上大学的时候我觉得自己性格不好，都没有人喜欢我，甚至因此会觉得有点自卑，认识先生以后一切都变了。我觉得人的性格是分时间段的，婚姻亦是因为不了解而结婚，因为了解而分开。那个时候先生还在台湾上班，那次见过面以后他就回台湾了，平时我们就通过QQ联系，见面6次都是先生从台湾飞到苏州来看我。与很多人的观点不同，我觉得幸亏两人最初不了解，然后再在一起慢慢了解，喜欢一个人不需要太多的理由，也不需要太多的了解，喜欢就要在一起，然后在相处的过程中磨掉彼此的棱角。我跟先生交往的时候就没有想太多，就是靠着互相喜欢的信念，身边的同学也没有出现不一样的声音。交往的时候没有谁追谁，就是互相喜欢，没有小惊喜，没有小感动，没有浪费时间，就结婚了。我觉得幸福是一种能力，与其他无关。"

2004年，没有浪费时间的琪琪和王仁在南京登记结婚了。琪琪说，"我们在淮安办的婚礼，当时他的父母没有来，但我们一直通过电话沟通，直到第二个孩子出生，双方父母才第一次见面。我的父母都很开明，我父亲是教会的，父亲教会了我很多夫妻相处之道。比如父亲告诉我两个人的生活是一个人会道歉，一个人会原谅，夫妻的关系高于亲子的关系，夫妻恩爱是给孩子最好的礼物。结婚后我就去了台湾，两个孩子都是在台湾生的。公公婆婆对我很好，我们住的距离不远，会常常走动。我之前不会做饭，就在家现学，现在也能做得一手好菜呢"。

其实每个人的婚姻都不容易，看你如何看待。琪琪说，她跟先生每天都会聊天，一到一个半小时，聊工作，聊一天的生活趣事，聊孩子的事情。曾经有个当律师的朋友问她，这么多年没上班，有没有觉得自己不如先生，跟先生不平等？琪琪回答："我觉得没有，我在家比先生辛苦的多，我觉得在精神上我与先生是共同成长的。婚姻都不容易，要有让大家幸福的能力，夫妻间的小事，我会自己调节，我不会为小姐妹打抱不平，会让朋友在家庭里要以全家和平为主，夫妻间的事情只要不违反原则上的问题，都会原谅。我觉得圣经上说的特别对，妻子应顺服自己的丈夫，丈夫应当尊重自己的妻子，只要这两点做到，就不会有不和睦的家庭。幸福不仅仅是一种状态，更是一种能力，不管人处在任何一种状态里，都能觉得幸福。"

生活需要好的智慧

在台湾生活了几年，没有太多朋友圈的琪琪愈发思念家乡。为了琪琪，先生选择与爱人孩子一起回大陆，来到苏州工作。

"因为先生家还有一个弟弟，他弟弟在台湾照顾父母，所以公公婆婆也比较支持。"回想起当初一家迁居大陆，琪琪对先生的付出至今感动不已。

谈话中，琪琪说的最多的一句话，就是人生一定要有信仰。作为一名虔诚的基督徒，琪琪同样感染了先生。"我跟先生都有共同的信仰，先生是后来被我感染，一起读经，一起做事情，而后带上孩子。现在每到礼拜五我们都会去朋友家读圣经，礼拜天会一起分享。通过跟我一起做礼拜我觉得他现在改变很大，之前他是一个很情绪化的人，但现在好很多。我觉得脾气不好的人其实也很痛苦，他其实也想控制情绪，只是很多时候没有办法控制。我是很少发脾气的人，我觉得没有事情值得我生气。我跟我先生最初认识的时候我一直在装，装作不发脾气，一装就是 10 年，装着装着就真不怎么发脾气了。"讲到这里，琪琪笑的格外开心。

婚姻生活除了共同的信仰，还要有足够的智慧。在琪琪的婚姻里，两个人在一起的时候，一定是一个人要会认错，一个人要学会原谅。在工作中，两人会互相扶持，互相支持，互相喝彩。琪琪说，"我曾经给先生洗衣服，把先生最喜欢的一件衬衣洗坏了，我怕他会生气，就把衣服藏起来，准备去商场找一件一样牌子一样款式的衬衣来替换，结果没找到，我试探性地问先生是不是衣服出差忘记带回来了？他就真的当真了。过了一段时间我跟他坦白，先生也没计较。如果我当时就跟他讲让我洗坏掉了，他心里会不会想我怎么那么笨，连件衣服都洗不好？或者争执就会因此而来。其实两个人生活是需要智慧的，我觉得先生每天做的事都让我难忘，想吃什么不论再晚，先生都会去买，两个人不管平时做什么，出差什么的都会想到对方。我和先生现在是越来越相爱，甚至比 10 年前更相爱，我是一个很会赞美的人，平时很爱赞美先生，时常的夸赞会让先生觉得他为家里做的每一份努力都很值得。老公也会每天都赞美我，两人每天互相夸赞，互相分享一天的工作、趣事已经变成一种习惯"。

琪琪和先生王仁有两个孩子，大儿子已经 10 岁了，小女儿更是乖巧可爱的很。琪琪很骄傲能让两个孩子生活在幸福的家庭里，她说："孩子跟我的关系很好，我觉得我的孩子很幸福，在父母的爱里，在父母彼此的爱里生活成长。我的孩子特别懂事，有一次因为时间来不及，上小学三年级的儿子放学自己去幼儿园接妹妹并且一起回家，路上要过两个红绿灯，我当时很担心，看到孩子安全到家，心里很感动。儿子很独立，会自己做早饭，跟妹妹一起洗澡，功课都会自己完成，不用让我担心。可能儿子在别人面前不是一个特别棒的孩子，可我觉得我的孩子是最好、最棒的！孩子一直觉得妈妈是最爱他们的，哪怕犯错误了打他们了，他们还是觉得妈

妈是爱他们的。先生是很听孩子的，我们家洗完澡是最美好的时光，我们会一起玩纸牌，玩游戏，或者一起看书，先生会给孩子读故事。我对我的生活一直充满美好的幻想，我会告诉我的孩子，这个社会从有文化以来，就是有不公平的存在，不要纠结，一定要有好的心态努力面对，解决眼前的不公平。我觉得女人在婚姻里会比较吃亏，因为容颜会衰老，但是一定要有自身的价值，有自己的想法，你才能赢得别人的尊重。"

找地方实现自我价值

"我喜欢和优秀的人在一起共事，因为可以从别人身上学到更多的东西。"

谈到自己的工作，琪琪尤其兴奋。"我做过9年的家庭主妇，也就是一年多以前，我才刚刚开始出来工作，我做的是保险业的工作，这份工作是我人生中第一份工作，是经大学同学介绍来的，曾经刚到公司不久我还想过不做了，不适合我，是先生一直在背后支持我，帮我，陪我，教我如何处理工作事宜。而现在，我很热爱这份工作，我相信自己有能力做好它，事实上也真的是渐入佳境。"

确实如此，工作仅半年的时间，琪琪就参加了总公司的表彰（135新人），到现场才发现大家都是销售精英。2013年，作为全国优秀新人还是在台下，2014年就成为全国优秀讲师在台上跟全国系统12万同仁分享经验。业绩能够如此突出，与琪琪的待人真诚不无关系。

琪琪笑说，"我现在的总经理问我最想干什么工作，我直说我最想做的是居委会的工作，家长里短，疏通矛盾，也投过简历，可是没给我机会，连面试都没有。经理说他很理解，并且通过了解我的情况，知道我每天需要先收拾屋子，送孩子去学校才能再上班，特许我每天都可以晚点到。这让我很感动，工作自然更用心"。

工作中让琪琪感动的不仅仅是公司领导，用诚心换来真心的客户，也让她很感动："因为对工作的热爱，我会竭尽全力帮客户解决问题，客户对我一直很放心。有一个做玉石生意的客户知道我买车，就赶紧给我编了个挂件放在我车里，还有客户送香水，送鞋给我。在我的工作里，都是客户变成朋友，朋友变成客户。我每天的工作时间很固定，早上 8 点到下午 3：20，因为儿子是 3：40 放学，接完孩子 4 点到 7 点我是没办法工作的，所以在工作期间我都会竭尽全力。我觉得天底下没有比工作更开心的事情，对我来说工作就是休闲，到家才是真正的工作，因为要操心两个孩子，操心先生的衣食住行。很感谢孩子同学的妈妈，他们都会在我来不及的时候帮我接孩子。对于工作来说，工作态度、责任心、爱心才是最重要。技能和说话方式都是辅助作用。"

对于将来的发展，琪琪很有信心，她觉得自己会更棒，未来带团队一定会是一个很优秀的团队长，对客户来说也会是个很好的代理人。

两岸一家亲

台湾新郎 **陈彦瑞**

大陆新娘 **马丽娜**

"选择没有对错，忍耐没有极限，其实都是一种决定。我的决定就是要和太太一直走下去，并且忠于这个决定——"

"你是我最重要的决定"

6月，葱葱郁郁，朝气蓬勃。在这灵动舒展的时节，我有幸聆听了一对两岸有情人跨越海峡、牵手幸福的爱情故事。这是用欢乐与泪水、包容和珍惜的音符谱写的一曲两岸婚姻家庭的幸福乐章。

初见陈彦瑞和马丽娜夫妇，觉得比起许多台湾人的幽默健谈，陈彦瑞着实是一个温和谦逊的人，说的每一句话都很诚恳；太太马丽娜是北京人，有着典型北方姑娘的豪爽，也有些江南姑娘的温婉与甜美。

他们的故事，是否能让听惯了感情平平淡淡才是真的人们，多一份对爱情的坚持和认可呢？

马丽娜大陈彦瑞6岁。

初到大陆 或只为寻根梦

2015年是陈彦瑞来大陆的第7个年头了。在大陆，他不仅收获了自己的事业，也收获了自己的家庭，太太贤惠淑德，女儿乖巧可爱。一家三口其乐融融，美得让人羡慕。

2008年9月，学习成绩优异的陈彦瑞在面对被多个国家多所学校同时录取的情况下，毅然决然地选择大陆清华大学读经济社会学研究所。他说，"我来大陆的初衷是为了改变我们家族的根本"。

"台湾很多家庭都是断根的家庭，顶多到爷爷辈就没有了。所以找不到祖坟，不知道有多少亲戚，甚至不知道自己的祖籍，不知道当初是怎么去台湾的。我2010年毕业后就选择留在大陆，因为我想找到我之前的家人，找到我的根。我希望有朝一日我有一定的经济实力和影响力的时候，我们陈家会有祖坟，整个大家族可以有聚会的机会，也让未来我的孩子们知道他们的根在哪。"

虽然祖籍是四川南充，但是陈彦瑞之前一直都没有机会来大陆看一看。"我们家的家训是'知足常乐，知足就要感恩，饮水思源是很重要的'。对我来说，这些是我一直努力的动力。我选择清华大学是因为我觉得大陆一直以来都是我想要亲近的一个地方，我想在这里读书，在这里工作，在这里生活，在这里生根发芽。"

于是，当落脚点放在了北京时，陈彦瑞遇见了他命中注定的女子。

千里姻缘　跨越海峡相爱

2011 年 7 月，月老将红线牵给了陈彦瑞，爱神丘比特的箭射中了太太马丽娜。

回忆起两人的恋爱经历，陈彦瑞满满都是自责。"我们是误打误撞走在一起的，恋爱时也只是柴米油盐酱醋茶这些琐碎、点滴的事情，没有什么轰轰烈烈的浪漫场景。一直以来，都是丽娜在我身后默默付出。我之前就是浪荡不羁（玩心比较重）的风格，没有好好珍惜她，从恋爱到 2012 年 5 月准备结婚这期间我曾提出过分手，当时甚至都没想清楚前因后果。不过，感谢上天眷顾，我们最终走到了一起，还有了爱情的结晶。丽娜总说我像孩子，的确，从她怀孕到生产我才逐渐'清醒'。我之前对生活从来没有规划，而家庭就是在这种不知不觉，没有计划的情况下发生变化的。"

当说起两个人比较难忘的求婚场景，马丽娜则滔滔不绝。"2012 年 5 月，我刚怀孕两个月的时候，他突然邀我朋友一起到我们楼下，手捧钻戒，单膝跪地对我说：'丽娜，嫁给我吧！你是我这辈子最重要的决定！'我当时感动的热泪盈眶，随即就跟他一起去附近的中国照相馆拍婚纱照。照完相我们二话不说，拿着户口本、身份证就直冲民政局，如果不是因为当时材料不齐被拒，我们的结婚过程就可以称之为'一气呵成'。后来，由于各方面原因延误，我们在 7 月 7 日才将材料补全，登记领证。"

一切瓜熟蒂落、水到渠成的两人迎来了她们爱情的结晶。"宝宝长得像我，丽娜一直怕宝宝会随我变成胖子。哈哈。结婚 3 年多来，虽然我们一直在携手努力，可并没有很明确的家庭目标，宝宝的来临让我觉得接下来我要有家庭的规划，要有当爸爸的样子。"说起宝贝女儿，陈彦瑞满脸洋溢着幸福的笑。

两岸差异　在碰撞中调和

婚后的生活平淡、充实，而生活就是日子加日子的重叠，夫妻相处也是一门学问。

生活习惯、说话语气、南北地域差异等都给婚后的小夫妻带来一些困扰。马丽娜说，"但好在彼此都比较会考虑对方，吵架了，生气了，双方冷静下来都会想想对方的好，然后主动承认错误，在碰撞中调和嘛。"

女儿宝宝今年两岁半了，从马丽娜坐月子到宝宝一岁半期间都是由外婆和外公一起帮忙带着的。马丽娜说，"我在家很容易发泄情绪，有些时候会怪父母没把宝宝看好。先生知道后就要求我道歉，他觉得父母看孩子特别不容易，没看好孩子父母也不是故意的，谁也不想这样。"

"我本身就不太会控制自己的情绪，又是两面极端性格的双子座，彦瑞有时就会开玩笑说我欺骗了他，结婚前我不是这样的。不过他平时说话确实特别温柔，而且心思细腻；可我大大咧咧还嗓门大，直来直去。他教我说话要轻声细语，有时候同样一句话，换几个字效果就不一样了，不要让人听着感觉像攻击性语言，不然会影响两人的感情。想想也是，我有在慢慢改进啦。"说到这，马丽娜无奈地笑了。但这笑里，分明是藏着甜蜜。

对于孩子的教育问题，陈彦瑞有着自己的见解。这个阶段，教育孩子的中心思想就用一个字形容——爱。不要预设那么多立场，刻意添加给孩子太多东西，反而要多花时间让孩子感受到爱。用爱来带孩子，感觉是最美好的。

"我觉得，他提出的教育孩子的方法很有道理。可我的教育观念还是比较传统，希望孩子报各种培训班，不要输在起跑线上。不过我们家教育孩子还是以彦瑞为主。他的教育理念只有一个字，那就是爱。老公认为，有爱的孩子才能更健康快乐的成长，所以成长的路上，我们要让孩子感受到源自父母真心的爱。今年8月份可能会考虑将宝宝的户口转到台湾。"马丽娜坦言。

在生活上，有时两人也会因为一些观念发生分歧。陈彦瑞是军人家庭出生，在餐桌礼仪上要求比较严格，吃东西不能发出声音。从小的严格要求让陈彦瑞坚持希望太太能改掉吃饭声大的习惯。

"因为我爱吃面，吃饭不发声对我来说很难，所以我经常一个人去厨房开着抽油烟机吃饭。"细腻有如马丽娜，这就是爱情给予的能量，也只有深爱着对方，才愿意从点滴做起，为对方改变。

爱，一定要相濡以沫地包容和理解。

风雨携手 奏响爱的乐章

回想起与马丽娜风风雨雨携手走过的4年，陈彦瑞说，"和丽娜刚恋爱那会儿我状况特别不好，甚至从我们交往后期到结婚生完宝宝，大概有8个月的时间，我是没有收入的，但是还必须要去上班，这段时间是我人生的低谷。但她一如既往地支持我，没有放弃我，真的让我很感动。2013年底孩子出生后，我才进了现在工作的这家公司，目前收入稳定，提升也很快。所以说，踏实点，努力点，有能力了，机会就来了。"

"其实，我还要感谢我们的宝宝。我今年30岁了，宝宝的降临让我如梦初醒。虽然我现在有车、有房，可我觉得这还不够，这不是我想要的人生。我想要把更多更好的都给她。我一直在努力着，我相信我有能力得到我满意的经济基础，给我的家人提供更好的生活品质。"

说话间隙，陈彦瑞看着一旁的太太，满眼深情。

　　"丽娜平时不善言谈，其实她做的点滴我都看在眼里，记在心里。周末时，她虽然也很累，但还是会自己早起给孩子喂牛奶、穿衣服等等，尽量降低声音分贝，让我睡到自然醒。我觉得这些小细节是最让我感动的地方，不是说她有多伟大，而是她愿意默默地把事情都做好，这点是让我最幸福的。对家庭无声的付出让我一直觉得很感激她，当然我也会用这种方式回馈她，不论从经济上还是工作能力上，我都要支撑起我们这个家。所以，我还会继续努力。我们会越来越好的。"

　　"我和丽娜从结婚到现在都是她一直在默默奉献着，做我背后的女人。我真的希望给她，给我们这个家更好、更舒适的环境。有朝一日我一定要还太太一个美好、浪漫的婚礼。"

......

回忆是最珍贵的吧，陈彦瑞讲起这些的时候，满满的幸福感和满足感，"根本停不下来"。回应着他深情的眼神，太太的眼眶也湿润了。

那一刻，我真不想打扰他俩。

相爱相守 你是我最重要的决定

想要拥有一个圆满幸福的家庭，相爱是第一步，相守是漫漫长路。一路有你，一路相伴。

陈彦瑞说，"若问婚姻对我来说是什么感觉，我会说满满的幸福感。因为在我不够成熟，对家庭意识不强烈，没有经济实力，没有社会历练，两人还存在地域文化差异的情况下，丽娜选择了不离不弃、不骄不躁、不言不语地跟着我一路走来，这点对我来说很幸福。我在外可以放心工作，家里有太太我完全不用担心"。

"总结成一句话就是选择没有对错，忍耐没有极限，其实都是一种决定。我的决定就是要和太太一直走下去，并且忠于这个决定。"陈彦瑞用这样一句源于爱、始于情的话来总结和太太马丽娜携手同行的幸福婚姻。

对于未来的期许，马丽娜有些腼腆，"因为我小小的坚持，因为我对他的关心和爱，我们走到了一起。宝宝的降临也让他付出了全部的父爱，我们会用双方特有的方式继续磨合，陪伴宝宝健康成长。相似的人适合嬉闹，互补的人才适合一起慢慢到老，所以我愿意做那个多包容、多照顾、多付出、多忍让的人。长久的维持，开心的生活"。

两岸一家亲

台湾新郎 **林致远（David）**

大陆新娘 **李宥仪（Lisa）**

"男生也需要安全感，初次接触，她就给我家的感觉。"

"她是我在大陆奋斗最重要的动力。"

"她是我的'领导'，我是她最好的学生。"

"她是我生命中的贵人。"

他总是这样时不时地评价着自己的太太，并一直强调——

"幸福就是把心交给对方"

今天我又要离开北京，去太原出差了。每次出差，我总会以享受大陆人文风情的方式，把工作和个人积累合成一体，我想这个功劳非你莫属哦。感谢有你，能让我在你的细心教育下逐渐成长。虽说不到强大，但……请再给我一些时间，终有一天，我能有着十足的底气，向领导说：我可以的！

其实，两人的生活就是简单中带点争吵啦，这样才能相亲相爱到老哦。记得，我出差这段时间，请正常作息，保持运动的习惯，相信我们爱的结晶，一定会很快的到来。我想这也是我人生中，最大的成就之一啦（当然，能在这个广大的祖国大陆，与你结合，是我最大最大的成就）。

祝老婆大人，一切顺心顺利。

我始终坚信，我们会愈来愈好的。LOVE YOU～

家庭事业部 直属董事长室 David"

再美的誓言也不过如此吧。能将这些几乎每天都能有的"腻人"情话融到每天每月的平淡生活里，这是我众多采访对象里的第一对。

其实约了 Lisa 很长时间，直到再次见面，自己都很抱歉夫妻俩是被我"绑架"过来的，有着狮子座女生典型性格的 Lisa 热情、开朗，实在禁不住我的"软磨硬泡"。在与他们聊完出门，我庆幸自己的坚持，一对浑身充满正能量的璧人，若没机会倾听他们的故事，实在可惜。

采访约在一家安静的咖啡厅，一坐下来，细腻不缺幽默的林致远就自称是靠"脸蛋儿和身材吃饭"，孩子般的可爱的样子让人印象深刻；太太李宥仪优雅知性，给人一看便知很有主见，身上透着满满的正能量。

大陆创业遇良缘

林致远，1979 年出生于台北。2011 年，他觉得大陆市场基数大，更有发展空间，便"单枪匹马"选择到杭州创业。由于工作原因，林致远经常到北京出差。有人说，缘分天注定。一次偶然的机会，他结识了 1980

年出生的北京姑娘李宥仪，情定终生。说起两人相识、相恋的经历，林致远记忆犹新：

"2011年12月8日，我到北京出差，我俩共同的一个朋友有心撮合，在一次聚会上特意介绍我和Lisa认识。说来也巧，当时介绍人只是抱着试一试的态度，没想到我们相互对视的第一次，就碰撞出爱情的小火花儿。"虽然是经人介绍，但两个人一见倾心。林致远回想着他们初遇的细节时，脸上流露着掩饰不住的甜蜜。"我当时就觉得，Lisa就是我找寻多年的'Feel'，散场回家后，我们互通了两个多小时的电话。"

与此同时，李宥仪也被林致远的真诚所吸引。她说，"虽然那时David的办事处设在杭州，可经不住思念的煎熬，他就经常使些'小计谋'制造机会让我们见面。比如他会'无故'到北京出差，以交通路线不熟，需要人带领等理由邀约我。然后我都会尽可能地抽时间去陪他，虽然每一次待的时间都不长，但两个人都相当珍惜这难得的相聚"。

就这样，两人的心一步步靠得越来越近。

"其实男生也需要安全感，Lisa能给我一种'家'的感觉。因为在大陆我没有亲人，没有朋友，即便已熟识的杭州，却总有一种'家徒四壁'、孤苦伶仃的感觉。但我认为北京有我的家，因为Lisa在。有人说，爱情，就是彼此永不止息的思念，是永远放不下的牵挂，是心甘情愿的牵绊。"

"你能想象吗？一个1.8米的大老爷们儿，每次从北京飞回杭州的时候，都会痛哭流涕，而且是那种撕心裂肺的痛。"

这一刻，林致远认定，李宥仪就是他的命中注定。

千辛万苦求认同

并不是所有的过程都是甜蜜的。在享受甜蜜的同时，两个人也承受着巨大的压力。起初，他们并不被看好。

"2011年底，David说要来北京拜见我的父母，可当我向父母坦白他是台湾人时，遭到父母的强烈反对。"回想起那时，李宥仪笑说，"第一次见家长时，我父母觉得David不靠谱，穿着打扮等各方面都不满意，甚至被贴上'坏男孩'的标签。David的父母刚得知我是大陆人时，也不同意我们在一起"。

其实，双方父母的担忧不无道理。

就太太这方来说，让女儿远嫁海峡彼岸，不放心是很正常的；女儿嫁到远方，从此又有了更多的牵挂和不安；万一在台湾那边，女儿被"拐卖"了，该去哪找呢？女儿受了什么委屈，过的好不好，怎么能知道呢……李宥仪父母的担忧、牵挂，任何时候看来都不为过。

就男方这边来说，林致远的父母有着同样的忧虑，家里就这么一个优秀的儿子，在台湾怎样都能找一个差不多的好姑娘，可这要是和大陆姑娘在一起了，两人能过的好么？一年能回台湾几次啊……

可是两个人坚信彼此的选择，只为爱，只为给爱一个家。

2012年3月底，为了爱情，林致远毅然决然放弃杭州，到北京发展。同年11月19日，两个人瞒着父母，义无反顾，登记结婚。

2012年底，双方父母第一次见面，令人意外的是4位老人一见如故。林致远和李宥仪也用他们的真诚和善良完全打动了双方父母，两个人的爱情得到了所有人的祝福。林致远甚至被冠以"好女婿"的头衔。

"由于工作忙，我经常疏于和父母、兄弟姐妹们联系。可隔三差五，我总能听到David或和老爷子打电话聊天，或嘱咐妈妈注意身体。连我的小侄子因对未来感到迷茫都特意找他来开导。我身边的朋友、同事都特别羡慕我，觉得我拥有一位好先生。我母亲也时常开玩笑说，你没白等，最后的真的就是最好的。"李宥仪的眼神未曾从先生身上离开过。她的一颦一笑，透露着生活带给她的喜悦与美好。而回忆起与先生林致远的点滴，他能读懂她的爱情，是默契、自信，是幸福、开心。

用感情融化差异

婚后虽然生活得很甜蜜，但日子叠着日子的生活总还是会有一些小波

澜。

夫妻相处本就是一门学问。林致远说，毕竟两岸文化、生活有所差异，两个人的小摩擦也多了起来。但是我们没有隔夜仇，不冷战，吵着吵着就好了。

"北京人多车多，上班高峰期的时候特别堵。Lisa 每天早上都是掐着点出门，所以路上不能耽搁。有时遇到塞车严重的情况，她就要求我'加塞儿'、超车等等，因为我在台湾开车习惯了不争不抢，所以内心很纠结，每次超过去后都会在心里默念求上帝原谅。"

"我爱吃麦当劳、肯德基、必胜客里的东西，一个人都可以吃一个全家桶呢，每次吃完我还会把手指上残留的油吮干净。我爱吃巧克力、薯片、糖果等各种各样高热量的零食，一般都是'秒杀'他们，因为我觉得吃完他们就特别兴奋。可婚后太太就一直克制我。"

"Lisa 爱吃麻辣烫，我觉得那太不卫生，影响健康。"

林致远似乎也有大吐口水的地方。可是，就是这些生活中看似彼此不让步的琐事之争，其实隐藏着甜蜜的玄机。

林致远道清原委，"我是自己创业，其实上下班时间可以随心所欲。但是为了每天能让 Lisa 在车里多睡会儿，我愿意做她的专职司机，送她上下班，风雨无阻"。

"现今，岳母每次来我家，还都会习惯性地特意为我买一堆零食啦。婚前 Lisa 允许我吃这些高热量的食物，是因为那时我还不是他先生。"

"我们都不会做饭，为了能让太太吃的健康。我现在学会了买菜，百度找食谱。虽然到现在我还叫不全所买的菜名，但我会尽可能地营养搭配，手艺已经不错了哦。"说到这里，林致远望向李宥仪，满眼宠溺。

"我觉得婚姻需要用心经营，才能开出美丽的花朵。夫妻关系很重要，当两个人在一起时，一定要'走心'。"

其实小两口还是比较认同现在的生活方式。伴着一些小插曲，林致远和太太用感情融化差异，让爱情升温。

彼此依赖大幸福

结婚3年，两人的感情并没有因为结婚而淡泊，相反他们更加依赖彼此了。

由于工作的缘故，林致远经常出差，但这丝毫未能影响两人的感情，因为他自有妙招。"David每次出差前都把屋子从里到外打扫一遍，然后把冰箱塞满，生怕他不在的时候我会照顾不好自己。"李宥仪一边说话一边乐，那份发自内心的满足溢于言表。"他临出发前和快回来时都会给我发些煽情小短信，或感谢我的陪伴，或嘱咐我按时吃饭，或倾诉对我的思念。他从不吝啬向我表达他的爱意。有时候我都会将信息截图发给我的闺蜜，被她们当做'教科书'来调教各自的先生。哈哈。"

"为了能跟我更有共同语言，David会刻意记住我跟他提起的每一位同事的个人信息，包括名字、长相，甚至工作岗位、工作职能。有一次我们公司同事聚会，他能一一叫出在座同事的名字，大家都深感惊讶。David还很会开导人，去年上半年我因为职位调动导致状态很差，有轻微抑郁症。他就一直开导我，用尽一切方法使我逐渐从阴霾中走出。我现在又'满血复活'了，回到了最初不服输、一定赢的状态（当时，我的领导一直以为是他让我逐渐恢复的，见到我先生后，当即明白都是David的功劳）。"

说到最让人感动的事情，李宥仪有些愧疚，"我生病的时候，David会六神无主，手忙脚乱地给我家人打电话，咨询应该怎么办。我有次发烧，他一宿不睡，在旁边守着我，随时给我量体温，换凉毛巾。可每次他生病的时候我都特希望他赶紧睡觉，睡着了就不闹人了。不知从何时起，我越来越依赖David，有时候我觉得自己一个人时生活都不能'自理'了。其实不需要他做什么浪漫的事情，只要他陪在我身边就好。一起吃饭、健身、散步……反正只要有他在，做什么都好"。

……

李宥仪讲起这些的时候，仿佛就在昨天，她清楚地记着两个人走到现在的每一件让她感动的事情。女人总是这样细腻，这就是爱情给予的能量，也只有深爱着对方，才能做得到。

一直都渴望"被夸赞"的林致远听完太太一席话，备感幸福。他说，"我刚到北京的时候，什么都不熟悉，什么都不了解，甚至生病了都不知道去哪看，拿了药都看不懂说明书。是 Lisa 给了我奋斗的动力，她让我感觉到我不是孤军奋战，我有她，很知足。其实之前我是个挺邋遢的人，别看我现在挺精神，都是太太的功劳。我的衣服都是她帮我买，帮我搭配的"。

"我现在每天出门前的第一件事，就是将婚戒戴在左手无名指上。你懂得，哈哈。而且我会选择性应酬，尽可能下班早点回家陪 Lisa。甚至我出差的时候，都希望旁边座位是太太，有她在，哪怕吃泡面我都觉得欢喜。Lisa 给我最大的自由。她相信我，也相信她自己。"

说起两个人的婚姻保鲜秘籍，林致远有些"得意"，他说，"我们就是互相理解，互相帮助，互相给对方正能量。我们没有琼瑶似的浪漫，却有平淡真实的甜蜜。幸福就是把心交给对方"。

一席话，道破了婚姻的真谛。

对于未来的期许，林致远说，"我们现在的重中之重是生一个宝宝，细心如我，勇敢像太太。我希望我们的恩爱是孩子最好的榜样"。

两岸一家亲

大陆新郎 任文杰

台湾新娘 DUCK

一个人的北京是过客，两个人的北京是永恒，在六百年皇城根见证下，约定——

相知相守，一辈子

与任文杰的台湾太太 DUCK 第一次见面，便引为知己。

之前一直电话联络，她甜甜、软软的声音早已吸引了我。本来在月初就已约好采访时间，可因为感冒在身，怕传染她刚出生的小 BB，第二天又要赴台参访，时间紧得不行，只好改时间，电话里我满口歉意，她却反过来安慰我。挂掉电话，又收到她一条微信："小易，身体保重，注意保暖，特别是感冒搭飞机，会特别难受的，记得随身带口香糖，耳膜不舒服拿出来吃可缓解。祝台湾行愉快。"

瞬时，我感动至极。真想马上见到这位贴心台湾新娘！

第二次约在她家里，因为走的匆忙，到了 DUCK 家门口，才发现手机忘拿，不记得门牌号！折回去，时间错了，我急忙打电话给她，电话那头依然是温婉的声音，"没关系，不着急，我一直在家等你"。

到家以后，先生任文杰也在，趁着中午休息的时间，赶回家里照顾刚刚 7 个月大的小宝宝。"不然我怕我们都没办法好好聊天呢，宝宝太小，要人哄的啦。我家先生现在可是很棒的奶爸，他很多方面做的要比我好。" DUCK 笑说。

等宝宝睡着，任先生出门上班，我们才坐下来，慢慢聊。这时我才发现，原来我们是同行，曾经做过记者、编辑的她，对自己的爱情故事，一直都藏在自己的日记本里。这是第一次想要原原本本做回被采访对象，第一次想向读者呈现自己久藏于心底的爱情故事。

今天，就让我们一起来听听这位台湾新娘，以主人公第一人称的身份讲述自己的爱情故事吧——

因缘之始

大约在 2001 年网路聊天室正盛行时，当时为了写作灵感偶尔上上雅虎聊天室。只要使用过的人一般都知道，聊天室除了有开放的聊天平台，还有传送悄悄话的功能。至于聊天主题则是五花八门，有因兴趣而开辟的互动社群，更多是谈论三十而立与感情相关的聊天空间，主题由室长决定，上网者只需在目录栏选择感兴趣的话题自行进入即可。一般"聊天大堂"不是很冷清，就是已经有固定的"班底"，不过只要班底们聊起来外人几乎很难插上话，我通常选择"隔岸观火"观察别人如何天南地北地聊自己的观点，如今看来似乎真有点无聊，但对于灵感的汲取确有很大帮助。

就在某个夜晚某个聊天室，一个写着英文透过悄悄话功能跟我打招呼的视窗弹了出来，对于这位陌生人，闪现的念头就是："写英文的，也不赖喔，趁机可以锻炼锻炼英文。"于是接受悄悄对话，开始不免俗地基本问句：什么性别、怎么称呼、几岁，然后问哪里人、打哪儿来的？

既然用英文沟通，猜想顶多是香港或新加坡的网友，大不了来个ABC，但当对方打出从"China（大陆）"而来，顿时错愕万分！

"怎么是大陆人？跑到台湾的网站干什么？怎么进来的？"我立即就像是刘姥姥似地少见多怪急忙问连串问题，他对我惊讶的态度甚是不解，只记得他淡淡地回应表示雅虎通有港台交流区，看到聊天室就顺势进来逛逛，not 黑客（台湾叫骇客），勿需紧张。

虽然松了一口气，由于当时台湾的社会环境仍属相对封闭，比较少有接触大陆人的机会，对于莫名出现对岸同胞来"搅和"不免新奇，之后偶尔在网路遇到，于是从英文交流换成了中文，令我诧异的是，电脑上显示的并非我所反感与陌生的简体字，而是工整的"繁体"，深问下，原来为了体现书法的美丽，他在研究所时期还特地花了一两年时间去学习。我因此甚佩服这个大陆青年，有意愿去寻找追回流传千年的中国文字面貌，去咀嚼她的神圣，更何况他还是个理工生。

当时聊天内容依旧很一般，主要在于了解两岸差异。例如：你们大陆人平常都吃什么？会吃饭吗？是不是大部分的人都骑脚踏车？也有联考吗？或者：台湾也吃面啊？是不是常下雨、天气是不是很热？升学压力大不大？一般外出都用什么代步……诸如此类无聊却又可以让彼此大惊小怪的话题，毫不涉及个人问题。如此有一搭没一搭，甚至还有长达一年半载也没聊上一句的记录。之于我，他就像是再普通不过、似有若无的网友。

这样的关系一直持续到 2003 年夏天，他因心情不好独自到北戴河玩，出发前寄了封电子邮件，写道：在出游这几日最大的惊喜，就是在午后的海边吹着微风、踩着浪花、捡着贝壳，接到来自彼岸电话的问候。读着内容忍不住一阵狂笑："都什么年代，一个三十出头的人还抱着这种浪漫情怀？"然而个人的最大问题就是好奇心太重，想着："打就打，谁怕谁，若真可以促成他人'心想事成'，也算是好事一件。"

就这样，两人第一次通话不到一分钟便简单、迅速、确实地被冷静的我给结束掉，当下只有一个感触："为何他的普通话说的比我还字正腔圆？"而之前我给他在网上一直是冷淡、理智并有距离感，这次说话感觉依旧相差不远，但他却对台湾女孩轻柔语调留下深刻印象，也许就此产生台湾女孩都很温柔的"错觉"吧。

又是好一阵子过去，直到不经意提到出生地，瞬间对他的观感有了突飞猛进的正向发展，他写说，他原籍是"洛阳"人。

"洛阳？"一看这个地名我兴致莫名高昂，异常兴奋。

就算我的历史素质再差，还是知道洛阳的啊，因为在学校大大小小的历史考试凡问到有关都城试题，答案不是写洛阳要不就写长安肯定错不了，搞半天自己可在跟个"古人"做朋友哩，毕竟洛阳可是比北京听起来更炫猛的城市，高中同学知道铁定会惊讶死（事实证明，当告知非常要好的同学我认识此号人物，她们也跟有相同的惊叹"好酷"），一股得意感自我心底油然而生。

随着认识的加深，他开始对我的印象，从有点"怪"、很"冷漠"像个骄傲的公主，到最后发现其实我不过是位原则有点多、外表冷漠内心却热情的傻姑娘。一天晚上，台湾北部地区突然猛烈摇晃，惊魂未定中拨了一通长途电话给他："跟你说，我们这边刚刚地震摇得好大，超恐怖。"

一通无心电话却激发他想保护我的念头，他开始认真地思考并提议："你能到北京一趟吗？主要是我们还不能过去台湾，所以你能来是最好了。"

"我为什么要去？"

"来大陆玩玩瞧瞧，还可以带你去紫禁城。"

"我大学就去过了。"

……

因为很满足当时接案的工作形态，加上没有跟大陆人交往的念头，对于他的请求总是一拖再拖；再者，说不怀疑是不可能的，怎知他是不是一个有耐心的骗子？

已经是 2004 年末，他仍不放弃鼓动我到北京旅游，恰巧一位前同事也接了个北京的案子，问我若有想去北京玩的话，可以跟她一起住酒店。她的话使我产生了动摇，也许人生不就是充满着冒险？便给自己订了张 13 天北京桃园往返机票。接机时他很快就"认领"了我，说也奇怪，我也是迅速从人群中发现他的踪迹。

在我离开北京的前一天，正好下了一场雪，晚上他又问道我几时能再过来，我不禁想："我有可能来北京生活吗？家人会同意吗？"

老实说，我真的不敢确定；况且跟他只相处短短 13 天。

他送机时的眼神我永远都忘不了，原来他是非常认真的，踏上了归途，回台后才是真正考验，怎么做才不辜负他的期望与付出，又该如何让父母知道有这一位大陆人存在？能否展现诚信成为我很大的心理负担。

这期间，为了给我更大的保证，他也透过北京人才引进政策渠道，顺利拿到人人称羡的北京户口，虽然我不知道北京户口的取得有多困难或者有多重要。

转机

凑巧有一天，父亲突来一句话，终于有机会让他的存在曝了光。

"丫头，台湾没有希望了，你找个大陆人嫁去大陆吧！"

原来，2004 年之后，台湾的政治环境开始变得异常混乱，不仅蓝绿对峙明显，意识形态更是严重导致民众情感分裂，新闻成天脱离不了政治口水战，一个小地方能弄得如此乌烟瘴气，对于曾经过战乱洗礼、颠沛流离的父亲不免心酸，他三番五次语重心长地跟我提到不如嫁去大陆的奇

想。

一切确实太巧，我的压力一时减轻大半。

于是，我开始不经意地提到在北京有"他"这一号人物的存在，但父亲的直觉是，在大陆超过30岁未婚的年轻人很不对劲，大陆向来崇尚早婚，况且他还33岁，显然十分可疑。

我把父亲的疑惑跟他讲明，而他毫不犹豫，直接打电话到家里来与父亲恳谈，我在一旁听着两个男人对话简直冷汗直流。

也许是父亲见识到他的勇气，为确认女儿认识的对象没有问题，5月中旬给自己找了个北京团，打算求证心中所有的疑惑。

"丫头，你请他准备好身份证明、单身证明、学历证明，还有薪资证明。"父亲说。

"啊？这……这……不会太过分吗？"我有点不好意思开口。

但现在回想，起码是父亲在最短的时间了解他、也是放心把女儿交出去的非常手段。唯一没有要求出示的就是财产证明，父亲的想法是在北京打拼不容易，有点存款就好，至于其它以后慢慢来。关于这点，在逐渐了解父亲的生平、理解他在将心比心，便会觉得老人家虽然严谨却尚通达人情。因为年轻时他从越南撤离到台湾也是一贫如洗。

于是，他俩在北京的饭店见了面，又是恳谈了好几个小时。

隔天，我好奇又紧张地打电话给他。

"我爸怎么说，有没有刁难你？"

"没有，你爸劈头就问：'你迷不迷信？'我说：'不迷。'你爸说：'不迷是对的。'然后就一直听他说话。"

"就这样？"我不可思议。

父亲回台后表示对他没有太大意见，但我却开始焦虑起来。面对未来，除了势必放弃渐有起色的接案工作形态，最大的不安依然来自于对生活在北京没有信心，担心生活品质就此降低，纵使他总说一切由他照料。但之于我，做喜欢的工作（特别是后来 3 年都是接案子方式），有份可以随心掌控的收入，有更多时间去安排自己的生活，心里不但踏实也是对自我价值的肯定，伸手跟人拿钱的日子从来不在我人生的"计划"中。

这一拖又一个月，他急了。

"带你妈来北京吧，我要去金华出差，你们顺便飞到杭州看看你爸的故乡。"问题似乎难不倒他，他提议着。

说到杭州，母亲兴致显得高昂，6 月中下旬我们正式启程，再次见到他已经时隔半年。

父亲的籍贯虽在浙江义乌，但却是在浙江大学附近长大（父亲的说法是在盐桥大东门濮家弄 24 号），据说中学生时期便感觉到穿军服的人走在路上特别神气，刚好有天在西湖畔散步，不经意看到布告栏上张贴南京军校招生，一时兴起便投笔从戎报考去，从而开始他颠沛流离的军旅生涯……

也许多了这一层关系，当母亲窥见到西湖之美很自然地多了份亲切，她一直很想了解父亲的过去，却从不知他曾生长在这般如诗如画的景致中，美景令人流连忘返，美食教人垂涎三尺，加上"他的脾气很好"，是母亲对即将结束的京杭行以及他的结论。

结婚

终于算是获得两老的首肯了，回台便开始走烦琐的结婚流程。

2005 年 9 月 2 日，我拿上单身证明，并打包衣物、书、音乐 CD、电脑、字典……严重超载细软飞往北京……

从小到大，从来没有为吃不到东西而痛苦。在北京，居然每天得为吃什么而操心，加以"厨龄"几乎等于零，早餐除了做简便的三明治，晚上则通常是把食材全部往锅里扔的"火锅式"煮法。此外其他烹饪技巧一概不会，所以时常有快饿死的错觉，相比台湾，万事便利的日子是何等幸福。

除了吃与距离感的困扰，不解的尚有北京的夜，不但天黑得早，连作息也跟着提前，习惯夜生活的我简直是提早过晚年生活。

"才 9 点、10 点耶，不是正等着看'康熙来了'、'全民大闷锅'、'欲望城市'，或者出去轧轧马路、逛逛夜市吗？"但我竟然已经要准备上床了！

时间过得飞快，台湾寄过来的单身证明文件已经早早抵达，可我却没有去领证的念头，毕竟我尚未找到如何立足北京的答案。

对于办证，只希望能拖就拖，终于，发生了离奇并决定性的一刻。

2005 年 10 月 15 日星期六下午，我跟着他到公司加班，一路上搭公车转 13 号城铁，再步行到位于上地的办公室，路途甚遥远，当来到三楼电梯门口赫然发现一边的耳环不见了，我赶紧依循来时路下电梯到一楼来回找了好几遍，理所当然毫无所获，因为那只有着小狗坠饰的耳环也许掉在城铁里，也许在出站口，也或许在公车上……北京到处都是人，挤丢了很正常，我心里早打定耳环注定是找不着了。

待他下班，我的视线依然投放在地上，他看得出来我有点失望，当走出办公大楼一楼大门时，不知哪根筋突然不对劲，我突然很得意又自以为聪明地说："这样吧！要是能让我找到另外一个耳环，就真的答应嫁给你，立刻把证件给办了。"

内心的 OS 其实是："等着瞧吧！我还有机会反悔，出了这么一个大

难题看能把我怎……"

话才刚脱口而出，我跟他的视线居然同时落在地上一个小亮点……

"啊！"

"啊！！！"我大叫。

"你的耳环。"他说。

"我的耳环！"

我顿时眼冒金星，那只耳环竟然就躺在脚下，不3步距离的柏油路上。

"太好了，耳环找到了。"他说。

"呵呵呵……是呀！怎么会掉在这里？"我面有难色，天底下竟有此巧事。

"哈哈，你刚刚说的……哈哈，真是命中注定。"

"呵呵……呵呵……怎么会这样？"这只镶着小狗坠饰的耳环，立时就变成了"小狗"硬生生地把我给"出卖"。

问题的答案很简单就出来：先结婚再说吧！至于工作、梦想，并不因你的婚姻状况而必须做任何改变，等把手续办妥后一切再慢慢从零开始。只是父亲在我来北京前，嘱咐务必先到他老家见过他家人，了解他的生长环境跟背景后，再评估自己是否有能力跟他过一辈子。梦想着从洛阳火车站走出来，映入眼帘的是震撼人心的古城墙、灯笼、马车、穿着古装的居民……那是读书时期在脑海自绘的"洛阳印象"，想到能亲睹美丽的历史，这趟在台湾很少经历的"长途"旅程辛苦就值了。

初次见到未来的公公婆婆，一眼便看出都是非常和善的好人，公公寡言，婆婆则是开朗热情，不停地欢迎我。由于河南话我有听不懂，大多时候只能傻笑，他则在旁充当翻译。多亏匆匆的旅行，使我了解他的生长背景以及孕育他的土地，拜见他的父母、看过他的几位朋友、亲身感受古城留下的余味，更加确信，他是可以托付终生的人。

人生最有意思的地方，就是当你放手有所舍时，紧接着将有所得，就在放弃挣扎、打消重回台湾做回以前的自己的念头时，北京的出路似乎有点眉目。终于，在台湾人力网站找到了一份喜欢的策划差事。

11 月 28 日趁着即将上班前夕，我跟他一同到了北京民政局办理公证结婚登记，开始了任太太的身份生活。

我跟先生都属于不爱拘泥于形式的个性，原本打定不拍照、不请客，碍于台湾家人认为嫁女儿就必须举办公开仪式昭告邻居，登记结婚快一年也就是 2006 年秋天，终于下决心在北京拍婚纱照。为求完美，前前后后共去了 5 趟影楼看排版，为了一本婚纱照着实杀死我不少细胞，最后在加入一点点文字巧思后成品出炉，我为俩人在地安门背景那组照片写下：

一个人的北京是过客

两个人的北京是永恒

在六百年皇城根见证下

约定

相知相守　一辈子

了解

对人大方、对世界开放是他的特点，藉由他，我也因此更加了解自己

的父亲，除了中原客家文化，他对台湾的眷村甚感兴趣，不论父亲提到了什么旧地名，总比我还用心的上网找出正确位置。例如，父亲小时候老家位于现今浙江大学附近，都是他搜寻之后告诉我的。最开心的莫过于父亲，如今终于有个人愿意坐下来听他讲故事，这应该是所有老人家最期盼与欣慰的事。

也许，我们跟另一半的政治立场相左、教育背景不同，却因为他们对近代历史的了解，间接唤醒在台湾长大的子女对父亲更深的尊敬；也才明白，经过战争洗礼的上一代，在看尽生离死别的无常人生后，所展现的豁达智慧是如何深远，在许多人因为战争失去宝贵性命，个人能降临并存活至今，并在艰苦环境中被拉拔长大，除了幸运，最重要的是必须懂得知福、惜福，并心怀感恩。

即使已经嫁过来8年，很清楚知道自己有很棒的家人，过年时不会为了一定要回洛阳或台湾而起矛盾，更多的是婆婆知道一个女孩子嫁来大陆不容易，父亲年事已高，到了年节回去是应该的。而台湾的父母也不会催着女儿非回台不可，有时间就该回洛阳探望。结个婚，不会要求非得有聘金、聘礼，只要小两口能善待彼此，过好日子比什么都重要。不会有人催着非生小孩传宗接代不可。不会干涉一定要上班养家，若有自己想做的事情，那就尽力全力完成……许多许多的包容、体谅，发生在他跟我以及两个家庭之间，尽显人跟人之间相处的微妙。

每回跟"同遭遇"的朋友聊起天时，对生命旅程有此意外安排都大感莫名其妙，虽然我们并非"台湾女嫁大陆男"的开山始祖，只是谁会料想到，在迥异政治氛围背景下安逸长大的台湾后代，竟选择舍弃宝岛男人进而踏上这一块陌生的土地，重新学习"生活"与认识"土地"。

牵起两岸的每段感情起因或有类似或不相同，但都在彼此掌握缘分后进而深化，真切感悟一段感情或婚姻之所以成立，不在于你嫁给了台湾人或大陆人，北京人或上海人，甚至是美国人或非洲人，重点是你嫁给了那些看似平凡却可贵，并让两人终不放手并做出承诺的"特质"：是真诚、是善良、是上进、是正直、是富有同情心……

对于婚姻，如人饮水冷暖自知，必须要亲自品尝之后才能知道个中滋味，不能把别人饮水的经验当做自己的经验；就跟失恋一样，必须自己真的经历过才能体会跟定义。当然，在饮之前、选择婚姻之初，你决定选择饮哪种饮料，是美酒、咖啡、红茶，还是牛奶……甚至只是杯白开水，其实就跟谈恋爱找对象一样，唯一差别是婚姻有契约，而恋爱没有，前者分离要走法律程序，后者不用。不论饮的是啥，重点要尊重自己的抉择，藉由相爱的两方碰撞，也许红茶加上牛奶会成了香醇奶茶，或甚至成了色彩缤纷的鸡尾酒。我们的选择是二分的熟茶，不苦不涩清香回甘，平淡却有味，不论如何，总结婚姻一句话是："柴米油盐酱醋茶，诚信友爱不嫌弃。"婚姻生活逃不开一连串的琐事，诚意跟信用，像朋友般的爱情，不因世俗眼光而嫌弃对方，或许，婚姻，并不恐怖。

说到未来，其实没人敢断言它的长度，但经过几年在北京或在大陆其他城市生活下来，这些台湾"产"的娇娇女反而汲取到不曾有的养分，进而扩展了生命的广度，重新打开视野。如何教这群养尊处优的台女愿意并允许大陆男孩正式走进生命里，甚至让感情的种子有机会播下去，抛弃对"他人的偏见"与"自我的傲慢"是至大关键。而这，就是开始，也是所有故事的开端。

两岸一家亲

大陆新郎 刘根良

台湾新娘 沈素如

"婚后第二天，他去上班，我在门口送他，竟然情不自禁主动亲了他，还脱口而出叫他'宝贝'。他下班回来，我在门口迎接，给他换鞋、脱外套、放公事包……这些都没有人教过我，我自己也不知道为什么，我的这些反应好像都是从身上自然蹦出来的，我的荷尔蒙就这样启动——"

结婚以后，爱情来了

"我小时候听说过如果使用筷子时把手指放在筷子上端，长大后就会嫁到很远的地方。所以，在那之后，我都努力把手放在筷子的上端来用。尽管很多年以后，我曾怀疑月老是不是把我忘了……"直到 7 年前，她终于遇见"'提着灯笼都找不着'的'良人'"。当了很长时间"剩女"的这位宝岛姑娘，今日脸上尽是幸福，对月老再无微词。

坐在她对面的"良人"从年少起竟也有类似的想法，"以后要找远一点地方的对象，家里边要简单一点、容易相处的。她和我最好能有'共同语言'"。不过，长大后，他那热心促成过许多佳偶的亲大姐，对他也莫能奈何，他年轻时不是关注工作，就是看书、热衷公益，对于找对象一事并不上心。

"剩女"沈素如，1973 年生，来自南台湾高雄，现于北京的一家外国驻华机构担任研究员。"良人"刘根良，1970 年生，来自北京，现为北京一家韩资企业（现代汽车的协力厂商）的经理。两人于 2007 年结婚时，均属大龄。"良人"在遇见"剩女"前，甚至曾认真考虑过独身不婚。更不可思议的是，两人交往期间分隔两地，在准备结婚之前仅仅见过两次面。

在"婚姻"大门前的徘徊：第一眼，都觉得"不是我的菜"

1970 年出生的北京小伙子刘根良算得上是晚婚了，家里兄弟姐妹 7 个（5 男 2 女），他排行老六。距今 7 年前，弟弟的孩子都上小学了，自己还单着，家里人着实着急。而比刘根良小 3 岁的台湾姑娘沈素如也面临着同样的问题。2007 年，当时在香港的一家国际通讯社工作的她经一位旅居上海的台湾朋友介绍，认识了当时在上海一韩资外贸企业负责业务的刘根良。

第一次见面是在 1 月的寒冬，顶着新烫的不满意的"狮子"发型，穿着长款羽绒服，沈素如在上海浦东机场的入境大厅里拎着行李箱东张西望。由于先前通过 MSN 交换过照片，刘根良在人群中认出她，迎上前去。但照片终究只是照片，而且，女方给的是不苟言笑的证件照，男方给的是小到不行的 MSN 头像照（还是几年前拍摄的）。打照面的那一刻，两个人心中都有点"小失落"，女方觉得对方个子不高啊；男方觉得对方（东张西望的样子）似乎有些趾高气扬，他向来看不惯对别人颐指气使的人。

但考虑到对方千里迢迢来见面，出于礼貌，根良还是腾出了时间用心接待素如，带她在上海市区转转。两人先是去了咖啡馆，开始第一次真正的交谈。一落座，素如很自然地打开话匣子，毫无芥蒂地聊起自己的种种。面对说话坦诚的素如，根良不自觉地也袒露自己的心声——他当时正想着是否不考虑婚姻了。听了这话，素如一惊，她认为人都应该结婚，都要努力建立自己的幸福美满家庭，"一男一女谓之'好'，人不该孤独终老"，于是她连忙鼓励他不要对婚姻失去信心，而不是为了"推销"她自己。原来，根良虽没有谈过严格意义上的恋爱，但曾有过经人介绍而论及婚嫁的在远方的对象，正当他着手准备婚事时，对方毫无预警地出现状况变卦，甚至消失了。由于他是个很看重承诺及家人的人，这件事对他打击很大，他一方面不明白人为何能够对别人实施欺骗，践踏别人的真心，一方面他对家人感到很抱歉，因为让家人为他担心了。听了根良表明心迹后，素如不仅真诚地安慰他，更以浇不灭的热情一直鼓励他要放下那段，然后勇敢去爱。她甚至通过讲述自己以及身边亲人的经历，来开导根良，这让他很感动。更重要的是，通过这些交流中，根良发现两人有许多共同的价值观，家庭观念也很近似，都追求从一而终的婚姻……这些在物欲横流、瞬息万变、人们主张自我的今日社会，眼前这个台湾女孩却显得传统而珍贵。他还发现原来她很好相处，也很健谈、开朗，还有一个顺从"领路者"的心。在上海陌生的夜色中，根良因为走得快，经常不自觉地把素如落在后头，而她竟然毫无抱怨，只是一直"赶路"，默默跟随。待他发现情况后，他觉得不好意思，屡次停下脚步。

对素如来说，觉得眼前这个男人虽然个子不是很高，但人品、道德水平及自我要求很高，外表则能看得顺眼。"我们已经过了'外貌协会'那个年龄段，不再靠荷尔蒙起化学作用了，现在我们看的是人品，是在大的事情的价值观上能否趋同。"她说。上海之行的第二天，他俩一起当面告诉介绍人愿意"以结婚为前提展开交往"。然后,她就登上飞机回香港了。

从此,根良几乎每天下班后都会抽时间上网主动找素如聊天,谈谈彼此每天生活中的经历,并且,他还会像个记者一样经常问素如对于许多事情的看法。受过伤的他,需要观察,确认这次这个远方的女孩是否是对的人,是否值得他冒险地投入"围城"。

两人第二次见面是在2007年的春节。根良第一次没有跟北京的家人过年,而是飞到香港陪同处异乡的素如过了春节。

同年6月,他们开始为结婚做准备。有着浓烈的归根情结的根良不愿离家太远,所以他不打算跨海去台湾或香港生活,素如则觉得自己应嫁夫随夫。于是,她以结婚为由请单位把她调往上海(由于是写稿的工作,工作地点较不受地理的限制),就那样,她带着行囊真正意义地"登陆"了,踏上那块她幼时在课本里读过的"秋海棠"。根良把她安置在他俩婚后在上海要住的地方,让她能有时间慢慢适应内地的生活。同年7月,他俩飞回北京见根良的大家族。一个月后,两人在北京领证结婚了。

在那之前,他俩连手都没有牵过,一句情话都没有说过,相敬如宾,不算恋人,而是看好了、想好了、认定了要共组家庭的对象。

其实，从中间人介绍到结婚之前，俩人连彼此每个月的工资多少、经济情况如何都不知道。内的方面，除了看对方的人品、价值观、待人接物的方式之外；外的方面，看到对方有正当的工作，敬业认真、积极上进，在职场上有发展的前景，这就够了。他俩的想法，出奇地简单而一致。

两人的结合真正是应了一句话：遇到错的人，再久的时间都是荒废；遇到对的人，再短的时间都胜似流年。

2007 年 9 月，根良带着素如回北京举办"婚礼"。婚礼极为简单，没有繁文缛节、没有大摆筵席，只有最亲的家人聚在一起，为他俩献上最诚挚的祝福。之后，他俩回台湾高雄跟素如的家人见面，并在当地办理结婚登记。

婚后的"蜕变"后恋爱：北方中年男瞬间变成"宝贝"

结婚以后，爱情来了。

素如以前也没有谈过真正的恋爱。"婚后第二天，他去上班，我在门口送他，竟然情不自禁主动亲了他，还脱口而出叫他'宝贝'。他下班回来，我在门口迎接，给他换鞋、脱外套、放公事包……这些都没有人教过我，我自己也不知道为什么，我的这些反应好像都是从身上自然蹦出来的！我的荷尔蒙就这样瞬间启动，爱情来了！"

对根良来说，一个没谈过恋爱的北方中年男人应该会不适应吧？！怎知，不到半秒钟的时间，他无比自然地接受了这感情表达的方式，把"北京爷儿们"的范儿放一边儿去，从此，他是她口中的宝贝、心肝、亲爱的、哈尼、大叔、四爷（他是父母的第四个儿子）、小良子、不良宝宝……（诸多昵称，持续更新中）。原来，荷尔蒙也能如约准时来到。

北方中年男子初尝爱情，也能有浪漫。别看根良这样温文儒雅、内敛稳重，他也曾在上海的大街上，应太太的要求给她跳过舞（动作很小，尽量不引起旁人的眼光）。另有一回，两人不知聊到什么，素如突然开玩笑说她搞不好哪天就拎着行李坐上飞机走了，根良霎时静默，眼眶变红，无法言语。她才反应过来，赶紧道歉，心里暗自发誓再也不说这样没心没肺的话，同时感受到自己丈夫的感性及重情义。

素如说着这些的时候，一旁的根良有些不好意思。当我把眼神投过去想要"求证"，他连连点头补充说，"我虽然不是特别浪漫的人，但是跟素如在一起，真的特别开心。我们每天都像在度蜜月，直到今天"。

免不了的功课：补修恋爱学分

两人婚后的第一年是在上海度过的二人世界。每天，素如在家为一家国际通讯社的英文网站供稿，根良在一天忙碌的工作后返回位于郊区的安静新小区的温馨小家。

新婚燕尔的日子却也难免小风波。昔日的"大龄女青年"初尝爱情后，她也开始被爱情有点蒙蔽了应有的理性，竟跟"小年轻"一样耍起任性来。她甚至曾经"离家出走"（几小时），不接电话。根良调阅了小区出入口的摄像头记录影像，知道她没带行李，自主走出小区，估计走不远。

当时完全泡在"蜜罐"里的素如，在家里写稿的日子单调，整天企盼丈夫下班回到家里。根良却免不了有些工作应酬，有时也要招待难得从外地过来的朋友，在家等了一天等不到先生的素如为此经常"吃醋"。

"他如果晚些回家，我就会不停地打他电话加上发短信。他觉得那样让他在朋友面前很没面子，很难堪，所以他也觉得生气。""那时我不懂，我只想着我在他心里到底排名第几？我当时冷静不了，自己觉得他心里的顺位是北京家人、工作、朋友，第四顺位才是我，想到这里我真的好伤心！"素如说得很认真。

"这点我可能做得不够好，素如的心情其实我是理解的，在家待了一整天，肯定是想让我早点回家。只是毕竟有应酬或安排不开的事。刚开始确实有点生气，不过，后来冷静下来想想她为什么会这样。终于想通：她这样'无理取闹'，都是因为爱我、在乎我，才会这样的。慢慢地，我开始考虑她的感受。"回忆当初，根良显得有些歉意。毕竟两个人对于这迟来的"初恋"，都有免不了的恋爱功课得学习吧。

时至今日，根良经常需要出差，也经常跟各方朋友聚会。素如慢慢有了智慧，尽管还是希望老公可以的话早点回家，但她会克制打电话、发短信的时间及频率，根良也会尽量记得提前跟太太通报行程，建立起彼此的默契。

民间的和平大使：最自然的融合，拉近两边的距离

在上海过了一年的小日子，一直惦记着北京家人的根良还是觉得要在故乡安家。素如跟着根良来到了北京。

那时，根良的父母虽已不在，但他的兄弟姐妹们均已开枝散叶，团聚时的三代人共有20多人，凝聚力很强。过年过节，甚至平时的周末，家族经常聚在一起。这跟素如在台湾的生活体验较为不同，她在台湾的家人是四口人的小家庭，热闹程度和北京的差别很大，过节的一些习俗、习惯也不尽相同。根良表示，北京家里人对她都很肯定。素如则承认，虽然氛围、气质不同，但两边的家人都是善良、朴实的人，因此相处起来没什么大难题。

刘根良跟远在台湾的岳父、岳母相处得也特别融洽。素如的老家在高雄乡下，父母都是老实的普通人，平日里对于大陆和北京不太了解，或者还有些因媒体的报道所累积下来的片面印象。"先生第一次去我家的时候，我家人、亲戚都很好奇，围着他问各种各样的问题，有些提问很离谱、很脱离大陆社会的发展现状，但他都不生气，很耐心地、大度地一一说明。现在，他成了我台湾亲友想了解大陆的一个有力渠道。而且，自从有了这个北京姑爷后，我家人对于大陆或北京相关的新闻、气候等等都变得格外关心，因为有心爱的女儿及'半子'在那里生活着。这就是种潜移默化的影响吧。人的心，是肉做的。"她说，"我觉得我们家先生真的是打着灯笼都难找的好男人。他能做出连我自己都没能对我父母做到的。比如说，我妈每天做农活，身上多处关节会疼痛，他在台湾家里时会经常主动给她抹红花油按摩，而且每餐饭都抢着做好。"

平凡里的幸福：彼此的牵挂，让爱更强大

根良现在的工作几乎每个月都得出差十天半个月，很多时候还是连续出差。两个人像孩子一样，谁也不放心谁。素如总提醒根良，一定要每天都用通电话报平安，她还会自愿充当他的气候播报员、morning call 工作人员、火车票订票秘书……根良也一样，怕素如一个人不好好吃饭、熬夜伤身体，等等。

2012 年 7 月 21 日，北京遭遇 61 年来最大的暴雨。这场暴雨使北京部分交通被迫中断，而那天，根良也被困在回家的路上。坐在家里的素如，其实如坐针毡，焦急万分。

"快到家的那段路，水都漫到车的挡风玻璃了，素如给我打电话，还让我不要着急。我那时手机信号不好，她还要帮我打其他电话求援。可是眼看家就在前面，我一心想着一定要赶紧回去。因为我知道，素如还在等

着我。"他竟在没有熄火的情况下，以蜗牛的慢速、在漆黑没有路灯的路上、车身摇摇晃晃的大水中，冒险地开着车前进。好不容易开到了几百米后的小区，素如赶紧去车库找他，又惊吓，又高兴，但还是忍不住责备他在那种情况下强行开车回家的做法。惊吓之余，两人一起拿着水瓢把车里的水舀出来，整个地库湿了一大片。看着被折弯翘起的车牌，两人都感到劫后余生。

根良讲述的很简单，却很动情，感染了一旁的我。家的概念是什么？家就是不管工作到多晚，家里总有一盏灯为你亮着，总有一个人在等着你。

素如也告诉我，他俩每天都有聊不完的话题。每天入睡前，总会互相倾吐一天的喜怒哀乐。有时，根良会在素如的说话声中睡着，听着他的鼾声，她觉得又好气又好笑，然后，她会偷偷揉他的脸，再轻啄一下，在耳边轻声说"我爱你"。

婚姻保鲜的秘诀：互相扶持，互相考虑

温情、甜蜜一直贯穿着两人迄今 7 年的婚姻生活。互相扶持，互相考虑，是他们至今婚姻保鲜的秘笈。

"有什么好吃的，他一定会先给我。"素如说，"记得有一次，我们去平谷采摘桃子，回到家，他洗了两个，但是他总会先尝一下哪个比较甜，再给我吃哪个。很多时候都是这样，他想让我吃，我想让他吃，最后的结果就是你一口、我一口，哈哈"。

……

"当然，有时候我们也会有争执，但事后一定要跟对方说对不起。我知道男人通常心理压力比女人大。尤其是，他觉得我离乡背井、漂洋过海地来到这边，将自己的一生托付给他，他就更觉得不能辜负我。他是完美主义者，对自己要求会特别高。加上我心直口快，说话做事有时会一不小心误碰到他心里的'雷区'……但最后，我们都能将心比心，换位思考，这样就能互相理解、包容了。"说这些话时，素如一直都温柔地看着对面

的先生根良，两个人眼神对视，仿佛怎么都看不够，这种感情流露，只有真正相爱的人，才能迸发出来吧。

共同的理想：公益，以及和谐和平的两岸关系

我很少有过这样的采访经历。整个采访过程，素如一直都在夸着先生根良，能让一个女人很满意的男人，一定有他独特的魅力。

聊得越多，了解越多，原来，两个人还有着共同的理念，付出自己的爱心，施比得到更开心。

素如说，"很多时候，他不仅仅是我的丈夫，我觉得更是我的老师，我的父亲，他教了我很多东西，他的人品让我很敬佩，他尽力做到大公无私，从来不占别人的便宜。他有一颗愿意多为别人付出的心，一颗公益心，而且从来不需要别人知道"。

单身时期开始，根良去山区助学。其他志愿者每个人挑一个孩子，他却让别人先选，别人选剩下的两个，最不"讨喜"的，他收了，一个人带两个。

受根良的影响，素如也开始在北京参加一些公益活动（她以前在台湾、香港也参与公益）。他俩热心地向我介绍起他们现在接触的"随手做公益"项目（编注：2012年5月5日，由中国社会科学院著名学者于建嵘教授发起的"随手"系列公益活动整合而成的"随手公益基金"正式挂牌，成为中国社会福利基金会管理下的公募基金。随手公益基金秉承"随心而为、手留余香"的公益理念，借助开放的网络平台，将微公益开展成为人人参与、人人监督的全民性公益活动）。"只要有时间，我们会开车去通州送一些不用的旧衣服、旧书、旧玩具给该项目。周遭的亲友知道了也想一起去。"

虽然他俩是跨越海峡结合的家庭，但他俩都觉得彼此基本上没有什么本质上的差异，因当初是发现价值观趋同才接受的对方，所以彼此沟通起来没有什么隔阂、障碍。素如在访谈中多次提到丈夫是个很具有独立思考能力的人，赞赏他的思想高度、丰富的人文涵养及宽广的眼界。

"我希望，将来不管在哪里生活，两岸结合的家庭都应该凝聚起来，促进我们两岸关系越来越好，多参与一些相关的活动。只要有我们能做的，我们一定积极参与。"素如恳切地表示。

最后，我问素如，如果用一句话总结自己对婚姻的感触，她认真地想了想，然后说："就像'人'这个汉字，彼此之间相互'扶持'，关系才能稳固。"

临别，素如突然想起一首歌，是她和先生都非常喜欢的台湾女歌手江蕙唱的，歌名叫《家后》，意为"妻子"。她觉得相爱的夫妻彼此间难免会聊到"老了以后，谁先离开这个世界"的话题。"我们也一样。这是个难题，我们至今没有定论。但他特别爱听这首歌，有时会主动哼唱，用他不标准的闽南语发音，然后他的眼睛会湿润起来。"

键盘敲字至此，耳边的音响一直低低环绕着这首歌，歌词写得真好，不信，你也听听（以下歌词基本为闽南语歌词的字面直译）：

有天我们变老 孩子不在身边绕　　有天我们变老 有儿子媳妇尽孝
我会陪你 坐着闲聊　　　　　　　你若无聊 一起翻合照
听听你年轻的时候到底多罩　　　　看看你结婚时候有多俊俏

粗茶淡饭不计较　　　　　　　　　穿好穿坏不计较
怨天怨地不需要　　　　　　　　　怪东怪西没必要
你的手 我紧握着不放掉　　　　　　你的心 没人比我更明了
因为我是 你的家后　　　　　　　　因为我是 你的家后

我把青春交给你了　　　　　　　　我把青春交给你了
我从年轻 就跟你跟到老　　　　　　我从年轻 就跟你跟到老
人情世故我都已看透了　　　　　　人情世故我都已看透了
没有人比你更重要　　　　　　　　没有人比你更重要

我的一生献给你了　　　　　　　　我的一生献给你了
明白幸福是吵吵闹闹　　　　　　　明白幸福是吵吵闹闹
等到离开的时刻来到　　　　　　　等到离开的时刻来到
我让你先走掉　　　　　　　　　　请让我先走掉
因为我会不舍 放你 为我眼泪掉　　因为我会不舍 看你 为我眼泪掉

两岸一家亲

台湾新郎 陈弘昌

大陆新娘 宋在梅

今年初，先生糖尿病并发症引发耳朵听障。宋在梅陪着先生回到台湾做手术，悉心照料。如今，两个人相辅相成，谁也离不开谁。偶尔，先生也会开玩笑，"有你的日子不好过，没有你的日子更加难过" ——

相辅相成，我们共闯一片天

与宋在梅女士相识于第二届海峡婚姻家庭论坛，虽然大多数的两岸婚姻家庭都是全家齐聚，她却是一个人参加那次盛会，但是她一点都不"落寞"：与她换名片，她一定是给两张，一张是自己的，一张是先生的，她还会跟你说，先生因有事没能来，但是一定要"认识"他哦。很快，她也与同来参加活动的姐妹们打成一片。她很贴心，忙碌了一天，本来约好趁晚上的时间一起去鼓浪屿走走，她却看出我的疲惫，悄悄"溜走"，回来时还给我买了热乎乎的玉米汁……

接触几天，一直感觉她是一个特别开朗、能够感染身边人的乐观女人，跟她在一起，你会很开心，因为她身上仿佛有一种与生俱来的幽默气质。可当走近她，才发现，这真是一个奇女子，她的故事，很不简单。

命中注定的缘牵起爱情的线

上世纪 60 年代出生的宋在梅是个安徽妹子，有着很好的家庭出身，父母亲都是 60 年代的大学生，父亲西安交大机械系机床专业毕业，80 年代中期留美，后在美国的机床公司任高级工程师直到退休。出国前，父亲已经是国内一流的数控机床专家。也正因此，从小，宋在梅和姐姐、弟弟就接受着良好的家庭教育，每逢寒暑假，孩子们大多数时间都会被父母安排去北京、上海、南京等大城市，在伯父或者姑妈家中度过，以此开阔眼界。优越的家庭背景，使宋在梅在很小的时候就被锻炼成个性相对独立却保留着中国传统风范的女孩子。

90 年代初，宋在梅的父母和弟弟、姐姐都相继去了美国，剩下自己一个人在国内。但天生好强的她，早在很年轻的时候，就已经拥有了自己的生意，不仅有自己的商贸行，还在北京的王府井学苑商社与北京纺织学院合作做成衣生意，并且做得有声有色。但是，远在异国他乡的父母毕竟不放心，一心想着能让她也移民去美国。考虑到父母的感受，她无法拒绝，毕竟至亲都在国外，而自己孤身一人在国内打拼，家人会很挂念。可就在她了结生意准备去移民美国的过程中，一段奇缘留住了她出国的脚步。

说起她与先生陈弘昌的结合，那还真是命中注定的缘分。

　　早前，因为要把商贸行里剩下的化妆品找市场卖掉，经在家乡的好姐妹介绍，宋在梅来到了广东的普宁市。当时这里人生地不熟，小姐妹把她安排到和一个江西来演出的歌舞团的女歌手们合住在一起。当歌舞团的胡团长得知宋在梅单身时，便好心地给她介绍起了朋友。胡团长说自己认识一位非常非常优秀的陈先生，是个台湾商人，此人毕业于台湾的台北大学（原中兴大学），多年前有过一段不幸福的婚姻，希望能在大陆找到一个志同道合、在生意上相辅相成、相互照顾的生活伴侣，并说本来是想撮合自己的堂妹和他在一起的，但是堂妹却没这个福气，于是就想介绍你们两个人认识，没准儿可能会是一个好结果。

　　当时的宋在梅只是听一听这个团长的话，那个时候，她对台湾并不是很了解，对台湾商人更不了解，想着自己很快就要去父母那里，两人也不可能，过几天化妆品卖完了自己也要回去了，根本不会在这里久留，所以并没有当真。可是后来随着好姐妹的到来，事情发生了变化。

　　好姐妹知道宋在梅马上要移民去美国，害怕去到国外又要"耽误"几年，说什么也要让宋在梅赶在出国之前定下自己的终身大事。当好姐妹兴奋地介绍说，她认识的一个台湾朋友姓陈，是个大学生、商人、单身、很儒雅……话还没说完，宋在梅的直觉感觉到她介绍的陈先生可能和胡团长之前介绍的姓陈的先生是同一个人……

　　两个原本不认识的朋友同时介绍一个人给自己认识，并且，都认为两个人很适合，宋在梅不能不有点动心了。

　　没有约会，没有事先安排，在一次偶然中，两个人终于有了交集。

　　一次朋友聚会，陈弘昌也来了，好姐妹介绍他们认识，两个人算是第一次碰面了。简单的介绍之后，一边的陈弘昌却在不停地咳嗽，那天他感冒了，但看得出来，他一直努力要控制着忍不住的咳嗽，为使自己不那么失礼。看他这样，哪知宋在梅心里却有种隐隐的疼，这可是她的第一次这样呵。于是，出于这种疼的本能，她热心地向他介绍一些自己认为目前治疗感冒时效果比较好的中、西药……"至今印象深刻的就是他竭力控制自己咳嗽的样子，令人心疼叫人怜。其实，他这些微小的动作，我特别能感受到。这说明他愿意为别人考虑，是个有知识、有涵养又很坚强的人。"回忆这初次见面时的情景，宋在梅至今仍念念不忘。

第二天，当接到陈弘昌的电话时，宋在梅又有点莫名的紧张与兴奋。电话里，她感觉得到他的病情加重了，当他难以启齿地说出想请她帮忙购买昨天自己介绍的药时，宋在梅心里更加地忐忑不安了，心"嘭、嘭"地跳得不停，除了紧张之外，伴随而来的还有一种被当做亲一样依赖的感觉。那一刻，宋在梅直感觉，仿佛自己就是他的家人，他需要自己、信任自己，幸福感便由此而生，脸悄悄地热了起来……随后，高高兴兴的宋在梅约了好姐妹一起去药店帮他买药。

宋在梅说，"那个时候他在一家台湾公司任总经理，经营着一个纺织公司。巧的是我的爷爷早年就是在上海做纺织生意的。到了公司，我见到了他，还看到了他作为总经理在工作中与人相处的情景。我发现，他虽为总经理，但对身边的部属没有架子，而是当作朋友，非常敬重。特别是女士，他敬而有加。他话虽不多，但每一句都言简意赅，声音不高感觉很有分量，显得有很深的能力和修养。这更加深了我对他的好印象。我觉得，看一个人品质如何，最主要的一个方面就是要看他身边的人对他的态度，以邻为镜。后来几日，我知道当时有很多他的朋友都在给他介绍伴侣，但自从我们见面之后，他就不在接受朋友的热心了。其实，从那以后，我俩各自在彼此的心里都觉得对方很合适，我们在心里已经结了缘"。

没过多久就是情人节，这又给两个人创造了很好的机会。从来没有被人呵护过的宋在梅很紧张，陈弘昌却表现得很绅士大方。吃饭的时候，陈弘昌最后竟然将自己吃不下而剩余的那残羹也吃掉了，这让宋在梅非常感动，眼前的这位"大叔"不仅拥有绅士风度，而且还畅行节俭，这实在很难得。

可是，宋在梅也很"纠结"，怕家里人不同意。因为摆在两个人面前的还有一个大难题：陈弘昌身患糖尿病，更重要的是两个人22岁的年龄差距，家里人会反对就不奇怪了，何况父母都还是知识分子，思想相对比较传统。宋在梅说，"当时父母为此很担心，派弟弟专程从美国赶回来传达家人不同意我们继续发展下去的意见。没曾想，弟弟来了解后，对他很有好感，不仅不反对反而还帮助我们说服父母亲接受我们。远在国外的母亲连连打来越洋电话，劝自己可不可以先不要登记，先考虑保留移民身份？为两个人的以后都留个机会？我没有答应"。

宋在梅为了爱情，拒绝了母亲的要求，父母为此很伤心，宋在梅一度与家人决绝，失去了移民国外的机会。

艰苦创业夫妻共闯一片天

为了这段感情，宋在梅做出了很大的牺牲，家人更是不解，但她从不后悔自己的选择，虽然一段时间父母很是伤心，还好有弟弟在父母身边照料，倒也让人放心。宋在梅决定先在国内成家，等以后有了机会，再去美国向父母解释，她相信知情达理的父母见到自己选择的夫婿，一定会解开自己心里的疙瘩。

1995 年 11 月 14 日，相爱修得正果，在得到自己的弟弟和大姐认可下，两个人终于在安徽合肥公证结婚。

没有举办婚礼，没有婚纱披肩，成为宋在梅后来的一个小小的缺憾。

婚后，去到台湾的宋在梅努力地学习做一个称职的妻子。她请婆婆来和自己一起生活，好照顾婆婆的饮食起居，并尽快地适应台湾的人文理念、风土人情。但那时的大陆新娘在台湾的身份和地位都非常的尴尬，无法取得居留权，也无法工作。这对于个性相对独立的宋在梅来说，非常难熬。幸好，先生十分理解自己的处境，恰逢陈弘昌也计划在大陆开拓事业，最终也获得了婆婆的理解，两个人决定回到大陆创业。

创业初期，两个人却有很长一段时间是各奔东西。丈夫在台湾组织样品，宋在梅则到北京开始市场调研。

"但那段时光现在回忆起来仍是苦中带甜。"宋在梅说，"那个时候刚刚进入大红门的布料批发市场，公司正在申请注册阶段，一切都要亲力亲为。在等候营业执照下来的那段时间里，我们跑业务、了解市场、拜访高端客户，下班后，再赶去雅宝路批发市场批发服装。方庄有个早市，到上午8点结束，我曾经有一段时间每天都会赶早在天没亮之前过去'练摊'。有一次，先生假装路过，以顾客的口气问：'衣服多少钱一件'？当时，我正在低头帮顾客取衣服，听得出是他，抬起头看到他笑眯眯的样子就忍不住也冲他笑，他也在对着我在笑，结果我俩都笑场了！那种感觉既甜蜜又浪漫。当然，我会不卖给他，哈哈"。说到这，宋在梅笑得很开心。

"是先生教会了我如何去做生意。他说人的精力是有限的，要学会分给别人做，不仅能提高效率，而且能减轻自己的工作量，学会和人分享，才能拥有更好的效益。所以，连办公楼里开电梯的小姐，也会被我们发动起来帮我们出去做早市。我们给她们很高的分成，她们也很乐意把她们的业余时间拿出来赚更多的钱。那段时间很充实、也新鲜。那些日子，自己就好像上了发条一样有使不完的劲，没有白天黑夜，而自己的拼搏精神也深深打动了我家先生，他对我更加刮目相看，我自己也特自豪。"讲起自己的创业之路，宋在梅很骄傲。而我，也暗暗佩服这个满脸乐观的大姐姐，她值得去骄傲！

很快，公司越做越好，开始与中国纺织总会下属的一个做纺织品的部门合作，随即又开始和总会的其他部门合作，紧接着北京红都集团也和他们合作。公司的规模越做越大，帮手也越来越多。生意的发展势头越来越好，再加上之前在台湾的朋友也都纷纷前来添砖加瓦，亲戚朋友们也逐渐开始接受并支持两个人，闲不下来夫妻俩开始向外拓展自己的业务，去全国各地考察，武汉、深圳、上海……最后发现广州很有商机，便选择在广州安家。

广州是改革开放的前沿城市，宜居宜商。这里有发达的资讯、丰富的资源，而且气候宜人、美食遍地。两个人在广州事业经营得很红火，生活得也十分舒心。到了2007年，适逢广州市台资企业协会海珠分会的草创阶段，他们接受了广州市台办的邀请，参与了广州台协海珠分会创会的组建工作。热心会务的先生从此放在自己公司和家庭里的时间和精力相对减少了。作为妻子，宋在梅从内心理解先生的选择，并在行动上支持他的选择，公司的业务和家里的事都尽可能分担，尽量减少缩短在外出差时间，多挤出时间，陪伴丈夫和孩子们。教育孩子们力争上游，学习独立。

托尔斯泰说过，幸福的家庭都是相似的。在宋在梅看来，最大的相似点就是有爱。爱是心灵得以健康的沃土。爱把宽容、温暖和幸福带给了亲人、朋友、家庭和社会。爱能打破冷漠，让尘封已久的心重新温暖起来。

天不遂愿患难之中见真情

工作中，宋在梅是一个天生有着经商头脑的女强人，可回到家中，她亦是一位普通的妻子和母亲。先生身体不好，一直都有很严重的糖尿病，这些年，一直都是宋在梅悉心照料。作为3个孩子的妈妈，宋在梅还要照顾孩子的学习生活，但她从来都乐得其中，毫无抱怨。

2004年，宋在梅一直觉得自己的身体状况不是很好，就去医院做了检查，医院要15天以后待化验结果出来才能得到结论。从医院回来后，没有几天又接到美国领事馆通知，去美国移民的排期已到，请速准备去领事馆办理赴美手续。当时的宋在梅很开心，毕竟与亲人许久未见了。可是，没几天，正在公司工作的宋在梅突然接到女儿电话，说是医院打来，要自己去医院看报告，拿到报告结果所有人都吓坏了——"疑似腺癌"。"自己可能得了癌症"？连宋在梅自己都吓倒了。她从没想到，运动员出身的她（自己曾在学校学过田径专业）会生这么严重的病？但结果不容她怀疑，她只能面对现实。

为了爱人为了家庭为了孩子，也为了自己的身体，宋在梅一边把一切工作都安排好，一边坚强地坚持诊疗，另还抓紧配合给自己和孩子办理赴美国的移民手续。由于最小的儿子户口当时还没有安上，所以，又花费很多时间给孩子在安徽申请户籍。令人欣慰的是，终于办好了孩子的户籍，并很快又申领到了孩子的护照。

2005年2月18日，移民签证下来。拿到自己和孩子们批准赴美定居的那一刻，宋在梅百感交集，终于可以到娘身边看看娘亲了。

机票订到 5 月 25 日从广州至美国的，而先生 60 岁的生日是农历的 3 月 25 日，宋在梅有了回娘家之前先给先生过 60 大寿的念头，原本打算只订两三桌宴席，未曾料到的是，"那一天仿佛就跟上天特意安排好的一样，高朋满座，来了很多的好朋友，连远在台湾的朋友们也得到消息赶来参加，我们拍的全家合影简直就像是婚礼照，公司的客户、员工和好友们将我们的照片迅速的送去喷绘成超大幅面的并且挂满了整个餐厅的厅堂上。当大家伙儿簇拥着我们全家人一起吹向那个超大的七层的大蛋糕一齐许愿时，我们都很开心也很感动"。说到这个难忘的聚会，宋在梅的眼眶湿润了，看得出，她很感性，她心里，其实住着一个小女人。

给先生过完大寿，一直很想念父母的宋在梅给自己放了假，带着 3 个孩子去了美国看父母，恰逢弟弟刚生了孩子，宋在梅便在美国小住了一个月，帮着照顾弟媳妇。这期间，宋在梅还有了一个重要的决定：留下懂事、有自理能力、已经 9 岁的大女儿妞妞在年迈的父母跟前，以解老人的思亲之苦。打定主意后，宋在梅留下女儿，带着两个儿子回国了。

第二次回到美国探亲时，宋在梅觉得自己的身体状况还不是很好，在美国医院做检查，得到的结论让宋在梅又再次都吓坏了，"0 期癌症！"虽然医生再三强调已经进入"期"了。应该告诉家里人要引起足够的重视，但是，为了先生能在国内安心工作，她却对此"轻描淡写"，对于先生和朋友们只道是有点儿小问题。

为了女儿身体，父母不建议宋在梅在这个时候回国，希望她在美国做完手术后再回去，因为手术前要反复检查，反复确认。手术后，中间还有 3 个月的恢复期，这都需要时间，就在这期间，独自一人在国内的陈弘昌有点坐不住了，妻子一去这么长的时间不回来，会不会有什么变故？先生因此断了供给，想要以此来"迫使"爱人抓紧时间回国，可是拖着病体的宋在梅依然好强，没有了经济来源，又不想让娘家人担心，在恢复期她坚持自己出去学习，打工挣钱，并抽空去曼哈顿的纽约时装设计学院学习、参加设计师交流，还参与教会慈善活动的筹备和散发传单，把业余时间安排得满满的，以此来充实和填补自己内心的委屈与失落。

按医生要求，手术满 3 个月以后返医院复查，在医生宣布没有问题的第二天，宋在梅即乘机返回到丈夫和孩子们的身边。直到几年后先生去美国，见到了当时自己的家庭医生，才知道当年妻子半年多留在美国的真实原因。

用行动证明对家人和社会的爱

今年初，先生糖尿病并发症引发耳朵听障。宋在梅陪着先生回到台湾做了手术，且悉心照料。如今，两个人相辅相成，谁也离不开谁。偶尔，先生也会开玩笑，"有你的日子不好过，没有你的日子更加难过"。

"我先生很正统也很有亲和力，他的话不多，也不会对我讲好听的话，但有什么事情，我们会一起承担。我自认为自己比他幽默，在他情绪不好的时候，通常都是我去逗他开心逗他乐。"宋在梅说。

宋在梅很珍惜自己的家庭和先生，这几年，除了忙事业，好强的她还在不断学习与时俱进。2010 年获得中山大学 EMBA 证书，全家人也经常参与社会举行的各项活动……多年下来，孩子们也在自己的影响下，追求上进，多才多艺，个个成为拥有集体和社会荣誉感的阳光孩子。家里的墙上、柜子上到处摆满了全家人获得的各种奖状……说到这儿，宋在梅依然很骄傲。

不仅仅是这些，宋在梅对于公益事业，亦非常热衷。

2008 年汶川地震。许多幼小的生命夭折。作为一名 5 岁孩子的年轻母亲，广州妈妈刘旻明倡议成立"坚强妈妈"志愿者同盟，帮助地震妈妈走出悲伤，把爱分给其他活着的孩子。这一倡议已得到不少来自全国各地的妈妈，包括宋在梅。

宋在梅得知这一消息后，不仅亲自到了重灾区映秀现场支援，还积极参与筹备该组织，发动了包括 16 位台属妈妈在内的 40 多名妈妈担当志愿者。当时刘旻明写了一首题为《坚强妈妈》的词，公开征集谱曲。宋在梅又动员了音乐界人士为其谱曲，并且要为灾区募集善款举办一场"坚强妈妈"音乐会。

地震中，有许多妈妈失去了孩子，宋在梅说："当时的想法就是我希望她们能参加'坚强妈妈'志愿者同盟，组织她们一起去关爱别的孩子，爱天下所有的孩子，帮他们重新建立对生活的信念。"

......

　　为了和睦幸福的家庭，台湾的大陆媳妇努力着、热爱着、奉献着、坚守着。为了更多家庭的幸福，宋在梅依旧努力着、奉献着、守护着。亦如宋在梅的人生哲学：理性中带点感性看世界，才能比别人看到更多更精彩的事物，收获更多的美丽。

两岸一家亲

大陆新郎 慕 坚

台湾新娘 苏冀苓

"我们在一起，是因为双方身上都
有互相吸引的闪光点，不必为了对方
而刻意改变自己，有些事情没必要强
求，大家都保持最初互相喜欢的模样就
好——"

"爱，和而不同"

遇见慕坚和苏冀苓夫妇，是福气。那天，我们在咖啡厅里，原定两个小时的采访，却足足聊了近 5 个小时，直到服务员提醒我们该打烊了，依然难舍难分。这是我采访经历的第一次，也是我遇到的第一位如此健谈的台湾新娘。我也很幸运，第一次如此"酣畅"地聆听了他们因相悦相爱而走进婚姻、组成家庭的爱情故事。

印象中，东北人都应该是高大粗犷，不拘小节，可大陆女婿慕坚给我的感觉却是南方人的精干加睿智，透着些许腼腆，宛如一位十足的绅士，不过，谈吐中依旧是北方人的坦诚、直率；而台湾新娘苏冀苓，毫无疑问，可被定义为聪明伶俐、智慧与外貌并存的事业心很强的独立新女性。

如此，静静地走进他们，这才发现，这对两岸结合的夫妇携手走来，一路有苦亦有甜……

异国求学遇良缘

2005 年 5 月份，去英国念书的东北男孩慕坚认识了与他一起入学的台湾同学、现在的太太苏冀苓，虽不同班，但因为两岸之间同根同源的血脉纽带让两人迅速熟识。说起两个人的相识经历，苏冀苓记忆犹新：

"初见慕坚觉得他挺绅士，那次大家聚会，散场后他坚持挨个把女生都送回宿舍，之后自己才回去。那刻，顿时觉得他不像西方国家的男孩子，绅士要么是父母调教的，要么因社会制约而为的，他处处为他人着想的绅士风度，则是发自内心的，比较坦诚，浑身透着是中华儒雅的传统美德。后来我们聊天发现，其实大家成长背景都一样，什么小虎队、哆啦A梦等等，我们都经历过相同的时代，甚至聊起父辈时，也觉得生活并没有太大差异，两岸同胞都是一家人。"

苏冀苓说，"有一次因为学术问题我和同学争吵，慕坚知道情况后主动来找我，安慰我，让我别想太多，那时候就觉得先生不但绅士，还很有心胸，很有正义感，会为正义发声"。细致暖心的慕坚，一下子打动了苏冀苓。在异国他乡，两个年轻人互相温暖、学习的同时，擦出了爱情的小

火花儿……

与此同时，慕坚早就被苏冀苓独特的气质所吸引。他说，"其实冀苓除了外表，性格是最吸引我的地方。初识冀苓时，觉得她比较独立、有想法，而且很善良、很有同情心，念书时所选择的行业，都考虑到是否能够帮助他人（苏冀苓在其他国家和地区看到很多人仍很贫穷，生活很艰苦，而那边的旅游资源却很发达，所以她决定选择服务业，并期冀通过这个专业来帮助那些人）"。

慕坚继续说，"太太看起来很温柔，其实很坚强，虽然年纪不大却很有主见，不会人云亦云。特别是有想法这点，给我印象最深。我们时常聊天，会发现双方的见解、想法有很多相似点。用'心灵伴侣'一词形容我们再合适不过。在英国时，冀苓早我一个月毕业，送她走的时候我就想提出交往，但考虑到地域问题还是忍住了。真是缘分天注定，后来冀苓告诉我，她要去广东东莞工作，正巧那时我也打算去深圳，瞬间就表白了，她也顺势答应了"。

就这样，没有刻意的浪漫举动，就认可了彼此……

漂洋过海爱相随

并不是所有的过程都是甜蜜的。在享受甜蜜的同时，两个人也承受着巨大的压力。苏冀苓2007年初到广东东莞工作一年多，2008年中旬回到台湾工作，在台湾待了八九个月。而这期间，慕坚也是辗转奔波在深圳、上海、北京三点一线。虽然已正式交往，可聚少离多。他们平时只能靠打打电话，偶尔去对方的城市来解相思之苦，远距离的恋爱让两人有些力不从心。

有人说，爱情，就是彼此永不止息的思念，是永远放不下的牵挂，是心甘情愿的牵绊。

"其实2008年，当冀苓选择辞去东莞的工作回台湾时，我是很不舍的，因为距离更远了。但知道冀苓是个孝顺的姑娘，她想多花些时间陪父母，所以挽留的话到了嘴边，还是没发出声。我想还是让冀苓在一个更安心、更舒服的地方生活吧。可是由于距离、工作忙碌等等原因，让我们觉得如果不在一起生活，这段感情就很难再继续下去了。最终，冀苓放弃在台北的高薪工作，到北京找我。"说起冀苓为了自己毅然决然的举动，慕坚满脸的幸福溢于言表。

"其实，我来大陆一方面是希望这段感情能够持续，另一方面是对自己实战经验的考量，我觉得趁年轻要多奋斗，如果想往服务行业、酒店行业发展的话，北京真的是一个比较好的环境。而我祖籍是河北，父母都比较开明，没有不同意我和大陆男生交往。因为同文同种，讲话也都能通，想法也能有契合点。他们觉得只要男孩子对我好，个性好，有可靠的肩膀，有责任感，就都ok，哪里人无所谓。因为有心要经营我们的爱情，所以前期我们都会做刻意的铺垫，对于双方家长来说，虽没见过面，但都有所了解。所以我来北京父母也很放心，觉得有先生在，我不会委屈。后来，我姐姐以'小信差'的身份来大陆对慕坚进行'考察'，慕坚的懂礼识数、行为举止、为人处世等也让姐姐对他赞不绝口。"温润心田的回忆，加上苏冀苓甜甜的笑，直暖人心。

是的，真正相爱的人不会因为时间和距离分开的，婚姻的找寻不是外在的表象，而是由内发生的一种默契。

苏冀苓说，"一切水到渠成，2009年过年，第一次跟慕坚回东北老家。

虽然闹了很多笑话，但是准公婆给我的感觉很温馨，他们开明，很好沟通，很照顾晚辈。那一年，慕坚也跟团去了台湾，跟我妈妈第一次见面，两人就相谈甚欢。而爸爸也以 100 分为基准，给慕坚打了 90 的高分，剩下 10 分需要慢慢观察。父母都觉得他礼数周到、可靠，会照顾我一辈子。两人感情原本就很稳定，加上双方父母给予的肯定和支持，让我们更加坚定了彼此的信念"。

携手同行创幸福

一切看似瓜熟蒂落，可苏冀苓却因担心父母无人照料而曾一度在结婚的门槛外徘徊。

慕坚是比较负责任的男孩，时刻都为苏冀苓着想。他觉得两人毕竟是要一直走下去的，所以一定要给她一个身份、一个稳定的未来——结婚。

2010 年的冬至，慕坚事先准备好戒指，来找苏冀苓了。"当时我在屋内看书，隐约觉得他有些奇怪，总是欲言又止的模样，后来他终于走到我身边说，冀苓，我们结婚吧。我却并没有立刻答应他，我说，你让我想一想，不是觉得你不好，可是我没有想通怎么安顿好我父母之前是没办法答应你的。"回忆当初慕坚求婚时的情景，苏冀苓现在有点小后悔："那是一个很令人感动的画面，而我的理智却有点'破坏'气氛的感觉。"

苏冀苓说，"但是慕坚没有放弃，他用实际行动告诉我，他想和我携手共度余生。他主动跟我讨论父母的问题，他很为我父母着想，他说我父母如果到了需要照顾的年纪，就把他们接过来，实在不行我们就去台湾，开间杂货店然后陪着父母。那时候他的这个想法真的让我非常感动。他同时也把这个想法转达给我公婆，公婆说没关系，大不了 4 个老人家住在一起，互相照顾，我们逢年过节回去探亲就可以一次探望 4 个老人了。虽然公婆的想法很可爱，但是真的让我很感动，他们并没有约束在传统的教育观念里，让我觉得没有压力，才更想跟先生走下去。我父母也告诉我说，希望我走好自己的未来。然后我就觉得是时候可以结婚了。因为我知道哪怕将来遇到困难，慕坚也会替我着想。他的细致，为我着想对我而言是最让我安心的。那么没有问题，结婚"。

2011 年 9 月，在东北延吉，慕坚迎娶了他生命中最重要的这个女子。虽然两人在形式上都没有过多要求，但是考虑周全的婆婆还是在咨询了台湾习俗的情况下为两位新人操办了一场别开生面的婚礼。这让苏冀苓备感温馨。

同年，两人在台湾也接受了台湾亲人的祝福。

婚姻需要大智慧

工作、生活渐入正规，开始了实实在在的过日子。毕竟两岸的文化、生活有所小差异，在异国"熏陶"过的小两口也不例外：处女座的苏冀苓属于心细，爱整洁的姑娘；而先生慕坚则是典型的东北男孩子大大咧咧的生活习惯。但是两人会谋求一个共同点，避免矛盾的发生。婚姻是两个人的，需要彼此用心去经营。所以一路走来，两个人惺惺相惜，互相包容、

互相理解，温馨如故。

"我做了那么多年的服务业有一些人脉、经验上的积累，所以现在准备着手自己开公司。先生对我的想法、做法一直都是无条件支持的。其实我们不仅是婚姻关系，也是朋友，很好的伙伴关系。之前我想往这方面发展的时候，心里多少会有些顾虑，毕竟以前是领薪水过日子的，现在需要自己动脑筋。而先生自始至终一直都持支持态度。他常会说，哪怕你试一把不成功的话，还有我啊。我觉得这句话特别安心，满满的安全感。"

"其实我先生不善言谈，他不会刻意在领导面前做有闪光点的人，可是一件事如果需要他做，他一定能做好。而且他很乐于助人，对朋友都愿意两肋插刀，很讲义气。哈哈。"

"我和先生算是求同存异，我们不会让对方为了谁而改变，而是希望双方都能保持自己的个性，在能够沟通的情况下找一个比较好的解决方式。我觉得婚姻需要大智慧，两个人相处需要两个人互相理解、互相沟通，哪怕有摩擦，有误会，只要共同保持一个目标，事情便会朝好的方向发展。"

……

苏冀苓讲起这些的时候，满满的幸福感和满足感，恨不得所有的褒义词都用来形容先生慕坚。女人总是这样细腻，这就是爱情给予的能量，也只有深爱着对方，才能做得到。

当被要求用一句话来形容他们跨越海峡、牵手幸福的爱情时，慕坚说，"我们在一起是因为双方身上都有互相吸引的闪光点，不必为了对方而刻意改变自己，有些事情没必要强求，大家都保持最初互相喜欢的模样就好。因为爱，和而不同"。

两岸一家亲

台湾新郎 林　庆

大陆新娘 王蔚蔚

爱情就像烘焙的糕点一样，也需要匠心，需要保鲜，而进一步想让爱情的糕点款式新颖，口味独特，只有用心经营，爱情才会长久保鲜，馥郁迷人，爱情里没有"防腐剂"却有"保鲜法"。王蔚蔚与林庆的婚恋故事——

一起在宁波烘焙属于自己的爱情西点

要在鼓楼喝下午茶，我会选择瑞芙西点工坊。"

"瑞芙的品牌来自两岸结缘，西点师傅有法国蓝带学艺背景。"

"老板软软的台湾腔，礼貌又亲切。"

"现在的蛋糕店和护肤品一样，流行宣传'无添加'。健康自然，原本对我们来说应该像阳光、空气、水一样唾手可得，如今却是稀缺可贵的资源。而老板娘开这间店，只求让自家宝宝能吃到健康无添加的面包西点。"

......

打开大众点评网页搜索宁波瑞芙（REVE）西点工坊，点评的人很多，用心推荐的人也很多。对挑剔的食客来说，能够肯定地写下一段段真心点赞的话，着实不容易。大家推荐的这家店，正是一对年轻的两岸夫妻用心经营的。

在第二届海峡婚姻论坛上，我遇见了这对年轻的夫妻一家。那天，正是中国传统的"七夕"节，来自海峡两岸的和谐婆媳代表、两岸婚姻家庭代表和社会知名人士约200多人相聚一堂。在"两岸婆媳话家风"的活动现场，来自台湾的婆婆林萧秀莺和大陆媳妇王蔚蔚是第一对发言的婆媳，吸引了大家的关注。当王蔚蔚在大家面前赞美自己的婆婆是"一位很爱子女，非常贤淑的婆婆、好婆婆"时，婆婆林萧秀莺话筒还没有拿起，话还没有说，眼眶就已经湿润了。她说："我没有女儿，所以把媳妇就当女儿了。"

在没有事先沟通的情况之下，主持人现场做了一个婆媳默契大考验的测试，王蔚蔚准确地回答出了婆婆喜欢的颜色、爱吃的水果、拿手的菜肴及生日时间，虽因答不上来生日的农历时间，被主持人扣去5分，但她仍得了95分的现场唯一高分。

也许因为她们是现场5对作主题发言的婆媳中唯一一对两岸婆媳的原因，我特别地留意了一下她们这个家庭，发现她们在台上发言，是儿子又是丈夫的林庆在下面以各种姿势寻找着最好的角度，忙着拍照，婆媳发言完毕手挽着手下来的时候，家人之间少不了传递一个个赞许的笑容。这么幸福的一家，准又是两岸婚姻中美满的一对。

"用时间换取空间，证明我的爱"

　　80后王蔚蔚是地地道道的宁波人。2001年，那时候的她刚刚应聘到一家台资企业上班，令她没想到的是，在这里，她却遇见了自己生命中的白马王子。

　　王蔚蔚刚刚入职一个月，台湾小伙子林庆也从台湾来到大陆，进入王蔚蔚同一家公司。这是他第一次到宁波，连他自己都没想到，自此，他不仅仅是在这里工作，还能在这里娶个贤妻，扎根生活。

　　王蔚蔚回忆说，"我们前后脚进入同一家单位，他是第一次来到大陆，来到宁波，作为本地人，一开始就是觉得作为同事应该让他对我们宁波有所了解，下班以后就会带着他到处逛逛，两人算是日久生情吧。他对工作兢兢业业、全力付出，是个非常细心、有责任心的人。相识一年后，他才主动来追求我，对我表露心迹"。

　　没有触碰过感情但很理智的王蔚蔚，对于林庆的追求一开始是"不敢"回应的，那时虽然对林庆工作上有一定的认同度，但毕竟两人相隔两岸，顾虑还是很多。"包括我的家人，一开始也是非常的反对。我是家里的独生女，又考虑到两岸关系背景及文化，距离又那么远，爸妈不舍得，肯定也不放心我嫁到那么远。好在他当时决心在大陆发展，会在这里安定下来。他以他的诚心打动了我和我的家人，他的'用时间换取空间'可谓获得了'成功'。"

　　原来，"用时间换取空间"还有一段小插曲。当王蔚蔚下定决心跟着自己的心走，接受了林庆的感情后，林庆自然要去拜访未来的岳父母。初次见泰山大人，林庆什么也没有带，也没有什么拘束感，王爸王妈也很客气。回来之后，结果似乎在意料之中，王蔚蔚发了一条短信给林庆，父母依然不同意。而林庆当时的回复是"用时间换取空间"，王蔚蔚把这条短信给爸妈看了，还给了这句话很好的注解："日久见人心。"

　　看到女儿意志坚决，原本也是出于关爱之心的爸妈自然也就不再多说

什么了。算是默认了这个未来女婿的身份。而林庆也一直努力着，只为那一句"以时间来换取空间，用时间来证明我的爱"。

不仅如此，林庆为追求自己的爱情恪守自己的诺言。反过来，则王蔚蔚身上的善良让林庆更须坚守自己的诺言。

"有一次，我们公司举办活动，我的脚受伤了，原来以为没有什么事，可是后来到医院检查时发现是脚筋断了。那时候，我太太还只是我女朋友，还没有谈婚论嫁，我的病情很难说会恢复得怎么样，但她那时候并没有因此离我而去，反而是更体贴地照顾我，打石膏、复健，近半年的时间她都持续地在照顾我。我就想和这样的女孩子结婚，不管什么样的风雨，两个人一定会可以一起扛。"

"感谢彼此，有家哪里都是安乐窝"

相恋总是最美好的，恋爱过程也是最能打动人心的。

5年的恋情，使得两人从相识到相知，到不离不弃，之后结婚，一切都水到渠成，一起买房，供按揭，装修，所有的过程，两人一起努力一起分担。在王蔚蔚眼里，林庆几乎是个完美的恋人和丈夫。"刚进入社会，

我阅历不深，他那时教了我很多。不仅如此，他还非常体贴，两个人一起逛街，他永远会把我拉在里面，不会让我靠近马路走，而过马路的时候又都牵着我的手，给我安全感。这种体贴与安全感，不管是婚前还是婚后，都一直保持着，像阳光，使我始终沐浴在温暖中。包括对小孩子的照顾，两个孩子现在都很喜欢他，他是个好丈夫、好爸爸。为了孩子，他不怕脏不怕累，也没有什么大男子主义思想，家务活都是分工的，我扫地他拖地，我烧菜他洗碗。"说起林庆，王蔚蔚满眼都是爱。

婚后，王蔚蔚和林庆一直生活在宁波；一方面是因为林庆工作在宁波，另一方面也是因为大陆市场更有发展潜力。

选择在大陆生活，就会无法顾及台湾的亲人。对于公公婆婆，王蔚蔚是有一些歉疚的。所以她每年会带着孩子一起回台湾看望公公婆婆，或者邀请公公婆婆来宁波居住一阵子。台湾和宁波都在海边，所以在饮食上，除了菜式做法不同，其他差异不大。平常只要有时间，夫妻俩隔三差五就会带着孩子跟公婆视频通话，叮嘱老人注意身体，听着孩子"爷爷、奶奶"地叫得非常亲热，夫妻俩心里十分舒坦。"倒是公公婆婆，毕竟是老人家了，对宁波的气候有时会不太适应。那年，我刚好怀着小宝，公婆特意来宁波过年。下雪时，老人一高兴就和孩子一起打雪仗，虽然玩得开心，但玩后肠胃因遭寒冷刺激，立刻拉肚子，这让我们好一阵紧张，还好最终没什么大事。"想起婆婆受的累，王蔚蔚眼里至今仍透着疼惜。

说到和长辈们打交道，林庆内心里对太太十二分佩服。他说："我从小跟爸妈的话就比较少，但是她就不一样，她会喜欢跟爸妈聊天，哪怕是跟他们还不熟悉的时候。老人家讲话通常是普通话与闽南话夹着讲，她不管听得懂听不懂都会耐心地倾听。我们回台湾，她跟长辈讲的话比他们跟我讲的还要多，我就觉得她很好地弥补了我的不足。这让我很感动。"

王蔚蔚说，自己和先生的性格都很好，结婚快 10 年了，婚后起争执的次数屈指可数，打架的次数为零。"其实，婚姻经营就必须要彼此包容，那所有的问题就都不是问题了，都会迎刃而解。"

对先生林庆来说，虽然之前岳父岳母对婚事有意见，但结了婚之后，岳父岳母待他也就像待自己的亲儿子一样，帮着带孩子做家务。现在，他们虽然另有住处，但房子距离岳父母家很近，平时大女儿跟着小两口，小儿子就交给丈母娘，一家人每天晚上都在老人家里，吃完晚餐再回自己家。现今，大女儿快要上小学了，小儿子也一岁多了，活泼极了。可以说，家庭生活其乐融融。

王蔚蔚说，我要谢谢婆婆，让我先生留在宁波了。林庆说，我要谢谢太太，为我生了两个孩子，中间忍受了那么多的辛苦。生大女儿时，为了孩子好，王蔚蔚坚持选择自然生产。那时候，由于孩子胎动，没有办法确定胎位，撑到最后，实在没有办法了，她才去进行剖腹产，中间经历了 9个小时。个中苦痛，林庆说，感同身受。

"为了孩子，点燃新的梦想新的希望"

谈到他们的西点工坊 REVE（瑞芙），王蔚蔚说，婚后，自己迷恋上了烘焙，当时业余喜欢烘焙的人并不多，自己也纯属自学，网上找来些方子就试验。当初，为了"征服或超越"戚风蛋糕（知名蛋糕品牌），不知做了多少回失败的"糟糕"。还好，林庆喜欢吃甜食，正好有个"回收站"，全盘皆收，不至于浪费严重，更不至于心里堵得慌。正因为有了这个最忠实的"支持者"，王蔚蔚从此一发不可收拾，各种饼干、蛋糕、面包，轮番做。家里烤箱、面包机、工具"败"了一大堆。很长一段时间，林庆直说王蔚蔚可以去开家店了。没想到这句玩笑话，现在还成真了。

学了烘焙，才知道原料的好坏，以及植物奶油和各类添加剂的危害。对味蕾也变得越发挑剔，市面上的甜品，王蔚蔚说自己现在都有点儿不太敢吃了。后来，有了孩子，怕电器辐射，烤箱便开始闲置。一直到孩子上幼儿园，才又开始折腾烤箱，也为了使孩子吃得更健康。通常，王蔚蔚都是等孩子睡了以后，才开始烘焙。由于孩子爱吃，特别酷爱烘焙的王蔚蔚又再次燃起了她的梦想——把烘焙技术做成自己的事业。

"机缘巧合，先生的弟弟从小也喜欢美食，且对美食有独特的天赋。虽然是控制系硕士毕业，因为对美食的热爱，就改行学习了西点，后在台湾各大西点房进修，还赴法国蓝带学院主修甜品专业，学成后亦到大陆五星级酒店任法式行政主厨。"王蔚蔚说，"这样一来，自己家里人就有这方面的专家了，加上自己的梦想，再与林庆和他的弟弟一碰，一个承载全家人梦想的'瑞芙品牌'诞生了。"经典的法式甜点马卡萨、芒果慕斯、提拉米苏等，一个又一个从烤箱中脱颖而出，精致的工艺，多元的口味，以及其倡导的一种舒适的生活和健康的享受，让西点工坊REVE（瑞芙）店插上了翅膀，也为她那个梦想插上了翅膀。王蔚蔚说："西点工坊REVE（瑞芙）：就是要让更多的孩子能吃到健康、不含添加剂的食品。"

现如今，林庆的弟弟、舅舅、舅妈都在宁波发展，看中的就是大陆广阔的市场和未来的发展前景，他们就是想将这个西点店扩张成为连锁店。

两岸一家亲

台湾新郎 **张大业**

大陆新娘 **王艳香**

你想走普通人的路，就会遇到普通人的挫折，你想做上最好的事业，就会遇上最强的伤害。世界很公平，你想要最好的，就一定会给你最痛的！闯过去，你就是赢家，闯不过去，那就乖乖做个普通人。所谓成功，并不是看你有多聪明，也不是要你出卖自己，而是踏踏实实，锲而不舍，看你能否笑着渡过难关——

夫妻同心，就能闯出那片天

能与大陆新娘王艳香和台湾先生张大业结缘，还是在 2013 年的海峡论坛。

在两岸婚姻家庭的分论坛上，参加论坛的两岸婚姻家庭有很多，大家都是带着自己感人的婚姻故事而来。与其他嘉宾不同的是，王艳香和先生张大业不仅带来了他们传奇的奋斗故事，还带来了自创的品牌——自制的糕饼，免费供与会嘉宾品尝。那几天，夫妻俩每天都忙碌到很晚，回到房间已是接近凌晨，我实在不忍打扰。我们的交流"零落"地"散"在会议室门口、会议中、或是盘点产品的空隙。就在这一点点拼凑出来的时间里，我被一次次感动。

几天的接触，发现先生张大业忠厚实在，说话不多但很真诚，不善言辞的他一直强调两个词：责任与尊重。他说："我觉得一个人要想成功，一定要敢于承担责任，这其中包括家庭的责任还有社会的责任。"说这话时，坐在一旁的妻子王艳香的脸上流露出幸福的微笑。她看上去风风火火，颇具大丈夫气概，但却是一个粗中带细的女中英豪，她一直以女性特有的细致和坚韧帮扶着丈夫的事业。她说："我们公司注重以德服人，把员工当作自己的亲人和朋友。其实，我们也曾经打工，深知打工的难。员工也是人，我们也要尊重他们。"

因缘际会结良缘

1951 年出生的张大业，居住在花莲市靠海的一个美丽山村，家里世代务农。14 岁那年，张大业正读小学五年级，迫于生计，父亲要他休学回家务农。胸怀大志的他不愿一辈子过面朝黄土背朝天的生活，就偷偷向母亲要了一点盘缠，悄悄离开花莲，到台北市寻求发展。

来到台北以后，张大业在一家面包店里当学徒。说是当学徒，平日里，除了杂事，面包店的师傅并没有教授他制作面包的技艺，张大业就悄悄地跟在师傅身后用心记下师傅的原、配料调制比例和制作工艺。32 岁那年，他辞掉台北的工作，靠平时省吃俭用的积蓄，自己创办了一家糕饼原料商行，既供应糕饼原料，又自己制作糕饼销往市场。凭着累积多年的制饼工夫，加上自身研究，糕饼质量愈见提高，他制作的糕饼，外皮入口即化，内馅香软、香、酥、一碰就碎的特色，一吃就给人留下深刻印象。一般的台湾糕饼只有两种味道，一种是甜的，一种是咸的，这是很多人对于台湾传统糕饼的刻板印象。而张大业的糕饼店，各色美味糕饼，不管是层次分明的饼皮，扑鼻而来的芬芳香气，令人满足的扎实馅料，还是印在点心上的美丽图腾，仿佛每尝一口，都让人回到百年前的时空，感受饱满的幸福滋味，而不单单只是满足口腹之欲而已。

默默在烘焙食品行业里摸爬滚打十几年，从糕饼、乳酪蛋糕、欧式点心、生日蛋糕的裱花、面包、馅料、牛轧糖等制作中，张大业练就了一身好技术，生意做得风生水起。

就在这个时候，张大业的妻子却突然得了一种怪病，为了照顾妻子，他不得不放弃了自己的事业。数年后，妻子皈依佛门，与他离了婚。离婚时，张大业将自己所有的财产都留给妻儿子女，他觉得所有经历都是人生的宝贵财富，自己则只带部分制作糕点的设备离开。经过一段时间的打拼，他又开了一家乳酪蛋糕店。

2003年，从福建三明来到台湾打工的王艳香经同乡介绍，认识了张大业。那个时候，张大业新开的蛋糕店刚刚有些起色。

"我是个开朗直爽、风风火火急性格的人，从小在三明长大，19岁开始开货车，原是三明第二运输公司的长途货车司机，后调三明第一建筑公司，1993年在市公安驾校任汽车教练。到台湾谋生活也是当时一时任性，没想到能遇到人生的另一半。当时的他，让我看到的是憨厚朴实的老实人。我心想先认识看看，可是没想到张先生却对我展开了执着的追求，从台中到桃源到台北，没有甜言蜜语，却是勤勤恳恳，对我照顾有加。一有空，只要我同意他都像守护神似的照顾我，有些同乡还劝不要找这种太老实的人。他曾在上海一家朋友的工厂做工，工钱却到现在都未全拿到，我婚前两次帮他去讨，讨薪过程中与对方起了冲突，他奋起反抗，强烈要保护我，我一下子被他感动，身边能有一个能保护我的男人，足矣。"想起和先生张大业相处的往事，王艳香感觉仿若昨天。

2007 年 4 月，恋爱长跑了快 5 年的张大业和王艳香，在王艳香的家乡三明登记结婚，俩人喜结连理，组建了幸福美满的家庭。

婚后不久，夫妻俩回到台湾，勤劳的王艳香经营着一家足浴中心，张大业则继续打理着乳酪蛋糕店的生意，事业红红火火，生活甜甜蜜蜜。

王艳香说："因孩子都大了，夫妻之间倒没什么矛盾，他有时像个小孩，'牙齿碰舌头'的情况也会有，但都经他的一句风趣话解冻了，我们从不留隔夜气，包容是我们夫妻生活最好的调和剂"。

扎根大陆创事业

可世事难料，好景不长。刚刚回到台湾，王艳香的母亲被检查出患了癌症，张大业得知在三明的岳母癌症扩散后，为了便于照顾岳母，他毅然放弃在台湾的事业，携妻回到了三明，悉心照料岳母。

岳母病情稳定后，头脑灵活的张大业开始在三明寻求商机。

凭着对市场的分析与判断，张大业敏锐地发现三明市场上高档次的糕饼是一块空白，具有巨大的发展潜力，这正符合张大业的专业。2008 年 7 月，王艳香东拼西凑，支持张大业创办了福建省三明市莲生台湾食品有限公司。

很长一段时间，张大业都在认真研究经营方略，积极挖掘糕饼特色。三明糕饼市场是一个特定的环境，以前在台湾的那一套经营、销售模式不能照搬过来，需要结合三明实际进行调整，而产品市场的定位就是最关键的一点。例如，"松香酥"饼干是前个时期三明糕饼类产品中一个比较成功的种类，但是由于已经面市有一段时间了，而且一直没有什么更新和跟进。他就把自己的产品在"松香酥"的基础上进行改进，既保留原有的特色，又引进台湾技术，吃起来既香又甜，特别可口，消费者自然十分喜欢。他很快开始招兵买马，在三明市中心东安新村开设了主店，又先后在高岩新村和东新四路开设两家分店。

美食当前，让人食指大动的香气、让人惊艳的糕点造型，无不传承着台湾糕饼的饮食文化，体现张大业的独具匠心。他的各类糕饼从文化意涵、岁时节庆、生活礼俗、艺术美感、口感滋味多角度入手，多样造型，有较强的观赏性。一一列数具代表性的他的传统与创新糕饼，从饼皮、内馅到包装，由里到外都具有台湾糕饼的特色。

"经营企业靠的是'诚信'二字。"谈到创业，现在已经是公司董事长的王艳香深有体会。她说，"'诚信为本、质量第一'，这是先生提出来的原则，我也受他影响很多。记得有一年，公司因为新来的师傅疏忽，在两锅调配的原料里忘记加糖，导致赔偿两家客户订单数千元。对于损失，先生有着自己独到的观点，他安慰我说，除了要总结经验教训外，对损失要有一个正确的认识，用台湾话来说'吃亏也是占便宜'，赔出去的是金钱，赚来的却是'信用'。从长远看，损失是暂时的，有了信用以后都会赚回来的。"

坚持只是为责任

三明市是福建省的一个小城市，可消费却贫富之悬很大，由于烘焙西点店满足不了市场的需求，2011年，公司有人建议做低、中、高三种产品以满足市场需求，可张大业却坚决反对，只有一句话："我不允许我的产品有好坏之分，如果你们执意要为了利益做低我的产品，我宁愿公司倒闭，我回台湾。"就是这种对品质的坚持，公司在为引导健康、绿色食品市场方面做出了不少的贡献。

岳母去世后，张大业和王艳香本打算离开三明，但在当时三明市台联几位领导的再三挽留和大力支持下，夫妻俩决定留在三明，按照绿色食品、健康食品的理念认真办厂，打出莲生食品的特色。公司一贯坚持产品不添加香精、色素、防腐剂及添加剂，从产品的原材料、配方等各方面尽最大努力保证产品质量，做到产品的绿色、健康、营养。

"在资金匮乏的现状下，我们首先必须保证的是用于生产产品的原材料品质一流，在配料的投入上也毫不吝啬，为的就是保证一流的口感和品质。使三明烘培业从低端走向中、高端市场。目前莲生台湾食品已形成3条生产流水线，都已取得QS生产许可证，投入500多万元资金，2011年代表林业局参加第二届国际森林产品博览会竹炭系列产品，2012年公司产品是第二十五届恳亲会唯一指定糕点，2013年第五届海峡论坛两岸配偶风采首推介绍绿色、健康的企业；莲生台湾食品主打乳酪蛋糕在台湾及大陆，在烘焙业里是独一无二的，急速冷冻零下20度可以保存一年（这项技术目前只有澳大利亚有）；欧式茶点、酥饼、牛轧糖都可行销全国乃至世界……"说起自己和先生辛苦创办的公司能有如此成就，王艳香满眼自豪。

张大业在烘焙方面的精湛技术，使得来公司淘宝挖人或学艺不精就想立地成佛的大有人在。

王艳香说，"他看在眼里不说什么，默默坚持乐观态度做零添加产品。也曾有一段时间，公司由于资金不足我压力很大，有时候脾气很火爆，像炸弹着点毫不留情。先生总是安慰我说，唐三藏取经都九九八十一难。如何以德服人？唯有坚持产品质量零添加。现政府已在抓食品卫生问题，公司一定会在很短的时间内像瓶颈一样井喷，放心，不信你看，只要解决资金，他山之石可以攻玉。吃别人不能吃的苦，才能享受别人不能享受的一切。不成功，有一万个借口，成功，只需要一个理由，那就是——我一定要成功。超越别人，就是在别人休息的时候，别人停止不前的时候，别人惆怅的时候，你全力以赴。你想走普通人的路，就会遇到普通人的挫折，你想做上最好的事业，就一定会遇上最强的伤害。世界很公平，你想要最好的，就一定会给你最痛的！闯过去，你就是赢家，闯不过去，那就乖乖做个普通人。所谓成功，并不是看你有多聪明，也不是要你出卖自己，而是踏踏实实，锲而不舍，看你能否笑着渡过难关！"

"通过这几年的市场调查，看到食品业的许多不良食品，更激发了我们做好莲生台湾食品，一定要建立一个生产绿色食品工业园，让优质的绿色食品给全国人民带来快乐的健康生活。"王艳香说出了自己的心里话。

不满足昨天的成绩，不放弃今天的努力，不停止明天的追求，这就是张大业和王艳香的创业激情所在。夫妻同心，全心扑在事业上，而公司下阶段的目标就是将总部扎根于三明，争取在2015年底在三明建造一个花园式的食品观光生产基地，让莲生台湾食品香飘世界。

两岸一家亲

台湾新郎 罗异文

大陆新娘 徐 莉

"我常常讲，我的人生没有轰轰烈烈的爱情故事，第一次初恋就嫁了，我也不会怨叹！我很幸运，一下子就嫁对了人。人们都说平平淡淡就是福。其实，平平淡淡才是真" ——

爱情在的地方，他乡也能变故乡

3 月初，我随中国乐龄时尚文化俱乐部赴台交流。早在北京，便想着到台湾以后能不能有空见见老朋友，尤其是高雄市新移民社会发展协会理事长湛秀英。作为大陆新娘在台的代表，她认识不少在台湾生活的大陆新娘，她们的精彩与故事一定能为《两岸一家亲》专栏添色不少。

到了台湾，在路上的时间总比待在酒店多，一路前行，待行至高雄已是晚上 9 点多钟。一下车，就见秀英姐拎着两袋水果出现在我眼前，见我第一句话，就是"今天介绍给你认识一位非常优秀能干的大陆新娘，她在台湾做了 3 家自己的连锁店，全都是自己的手艺，今晚，你好好跟她聊"。

由此，我认识了徐莉，一位着实智慧能干的大陆新娘。

话匣子一打开，就收不住了，我们在酒店畅谈了 3 个多小时，聊她的事业、家庭、孩子……快凌晨，姐姐们提议带我到当地最有名的夜市逛一逛，我又再一次感受到了徐莉的热情，一路请我们吃小吃、介绍当地民俗、为我精心挑选小礼物……而我，一次次被她打动，她艰苦创业的故事，为爱付出的故事，每一段，都感人至深。

探亲路上订姻缘

1991 年初，台湾小伙子罗异文到上海探亲，在一次聚会中，认识了上海姑娘徐莉，两人相遇，彼此留下了深刻的印象，并由此结缘。探亲结束回到台湾的罗异文自此在大陆多了一份牵挂。他深深地喜欢上了善良大方的徐莉，徐莉也喜欢上了这位敦厚朴实却隔海相望的宝岛小伙。此后的日子里，两人每天都要通上好几回电话，以解各自饱受的相思之苦。

同年底，罗异文的妈妈突然生病，作为家里的独子，全家人都希望他能把自己的婚事定下来，为母亲"冲喜"。尽管是为病了的母亲，但罗异文内心有点兴奋，毕竟他可以同心爱的姑娘在一起了。可徐莉犯了难。那个时候，两岸往来还很不方便，她甚至都没有见过罗异文的父母亲人，更别说是去过台湾了，海峡两岸对于她、对于他们家人，仿佛仍是看得见摸不着的东西。所以，家里人并不赞成两人的婚事。

"母亲觉得我们还太不了解他们家的情况，主要是对台湾不了解，怕我吃亏，尤其是我脾气不好，嫁那么远，如果在婆家待不下去怎么办？哈哈……"想起当时母亲的顾虑，徐莉笑得很开心，"现在来看，我的选择还是正确的，我不仅在台湾生活得很好，公婆对我也特别好，我已经完全融入了这里的生活，这里的一切"。

罗异文却铁了心，一定要把心爱的女孩娶回家。为了做通未来岳母的工作，他专程来到上海，一再证明自己的真心。功夫不负有心人。罗异文的诚恳打动了徐莉的母亲，也消除了老人的顾虑，家里人同意了两人的婚事。

就这样，相处不到一年的两个人喜结连理。

可是，那时台湾尚未开放大陆配偶可以来台定居，所以，这段隔海姻缘就异常辛苦，徐莉很长一段时间都还生活在上海。回忆起那段日子，徐莉说："我觉得我运气很好，我婆家的每一位都对我很好，虽然当时我不能去台湾生活，但是我的公公婆婆以及大姑，他们只要有空就会来上海看我，一年都要过来好几次。我公公是北京人，我婆婆是安徽人，他们在大陆的亲戚也还不少，而且很好相处，在大陆我一点都不孤单。我跟婆家的亲情关系也早就在我还没去台湾的时候就建立了。"

1993 年，两人的爱情结晶儿子呱呱落地。此时，大陆配偶可以去台湾探亲，虽然还是有名额限制，但徐莉抱着孩子经过努力争取，第一次踏上了台湾的土地。

1995 年，徐莉终于等到了头，她成为 1990 年起全台第一位取得台湾定居证的新住民，正式定居高雄。这一住就是近 20 年。这 20 年里的异地生活，他乡变故乡。

徐莉说，"嫁给我先生，真的要离开故乡的时候，一开始我也是非常不舍，虽然我很爱我的家人，也很爱上海，但大度的妈妈还是要让我去婆婆一家团聚，我老公是独子，我公婆好不容易等到政策开放，可以跟媳妇孙子团聚一起生活，他们很期待，而且他们年纪也逐渐大了，需要我去照顾。来到台湾这块土地，都是缘分，既然来了，就要调整自己心态，多一

分包容，多一分欣赏，赶快适应这个大环境。不过，台湾也要营造友善环境、建构公平竞争舞台，不要对外来人口怀有歧视心态。让新移民有宾至如归感觉，才能让他们很快适应台湾生活"。

创业路上拼艰难

在高雄定居以后，闲不下来的徐莉开始出来工作，从事健康食品业务。

"刚开始大家都看不起我，我只能偷偷拭泪。"徐莉说，"加入直销卖健康食品的那段日子，我利用拜访客户，走遍南台湾，强迫自己说闽南语，了解各地风土民情，就是想要快速融入台湾社会"。

做了八九年，个性好强的她觉得还是要有自己的事业。一次机缘巧合，坚定了徐莉想要自己创业的念头。

徐莉说，"当我还是小姑娘的时候，妈妈就告诉我外婆有一个祖传秘方，就是上海冰糖酱鸭。"

徐莉外公祖传的酱鸭已有多年历史，而冰糖酱鸭的历史，最早可以追溯到 100 多年前。那是清朝末年，徐莉的外曾祖父就开始在上海八仙桥一带做冰糖酱鸭的生意，因为口味独特，慢慢的有了名声。后来子承父业，手艺传到了外祖父手里，外祖父兢兢业业地守着家传的生意，并且稍作改良，当年的老上海几乎都知道有一间历史悠久、口味特殊的郑家冰糖酱鸭店。经过徐莉外祖父改良后的冰糖酱鸭，更是掳获了上海人的心。自此，郑家冰糖酱鸭生意做得火红。直到新中国成立后，在那段私人企业收归国有、不允许私人做生意时起，徐莉外祖父只得把祖传的生意收了起来，再也不对外人提起冰糖酱鸭的事情，郑家祖传秘方最后只传给了最小的女儿，也就是徐莉的母亲。

自从嫁到台湾，徐莉很少再回上海，母亲因为思念女儿常常来台探亲，每次来，都会做许多家乡菜。"有一天，台湾的朋友到我家来，吃到我妈妈做的酱鸭，所有人都赞不绝口，直说要是能天天吃到如此美味就好了。我突然觉得这是一个好机会，为什么不将妈妈的手艺学过来，让台湾人也能吃到正宗的冰糖酱鸭呢？"一直想要创业的徐莉因朋友的一句话豁然开朗。

与家人商量后，从母亲那里学到了手艺，徐莉说干就干，经过一段时间的筹备，"徐记酱鸭"店开张了。徐莉说，制作冰糖酱鸭是机器不可取代的绝活，需先一一将毛拔除清理干净，然后，将每只鸭子排列整齐滴干水，清洗的步骤才算完成。接着，就要利用家传的中药配方去除腥味，这个步骤因为需要不定时翻转，让鸭子的每个部位都均匀接触材料才能去除腥味。因此，总要费上半天劲，因为鸭子身上的油也会有腥味，还要遵循家传的秘法把油巧妙地拔出来。入锅前，要再仔细检查每只鸭子是否达到理想的状态才下锅卤，过程中需将鸭子互相翻滚，使肉质更有弹性且入味、外皮颜色均匀，制作过程一步都不能离开锅边，一站就是好半天，直到完成为止。一天下来，这样的体力活儿，对一个女人而言，劳累可想而知。

但徐莉从来毫无怨言，反而干劲儿十足。这更与先生的支持是分不开的。虽然罗异文有自己的工作，筹备开店的那段日子，如何装修店面，如何选材，如何吸引客源，事无巨细，夫妻俩常常要琢磨到半夜。店面开起来以后，每天下班，先生都会到店里来守店。谈话间，徐莉将她的手机打开，里面有店里的实时监控。此刻，妹妹已经准备打烊，而先生，还在店里看电视，整个店里的情况一览无余。徐莉玩笑说："现在的高科技很发达，即使我不在现场，也能很放心的知道店里的情况，老公也在背后支持了我很多。"

创业的路走过后，徐莉也有感而发，"许多大大小小的事情，自己还是需要考量与学习。初期经营困难重重，原以为生意很好，没想到房贷、水电、成本开支，远比创业前高出很多，在精神压力及体力不堪负荷下，我也怀疑自己的决定是不是错了。不过还好，老公和公婆都非常支持我，没有给我任何压力，陪我度过了最艰难的时候。经过多方思考及评估后，我也调整了自己的经营模式，找出问题并解决它，慢慢地让'徐记酱鸭'走向正常轨道，现在已有3家连锁店，我的目标则是未来将'徐记酱鸭'开到全台每一座城市，更希望将来有机会创'侬上海冰糖酱鸭'系列，以台湾的品牌回大陆市场"。

婚姻路上见真心

如今，徐莉和先生罗异文的婚姻已跨过23个年头了，在台湾又有了一个非常可爱的女儿，事业顺风顺水，一家人其乐融融。

更传奇的是，自从嫁到台湾、很少回上海的徐莉，一直都是妈妈带着妹妹来探亲，来的次数多了，时间长了，妹妹与自己邻居的小伙也结了缘，最后也嫁到了台湾。"现在我妈每年都来台湾探望我们两个家庭。我的全部重心都在台湾，我的事业、我的孩子，老公、家人，我妈妈来了就是我们全部团聚了。"徐莉说，现在妹妹也在自己的店里帮忙打理，有了自己的亲人，放宽了很多心。

"我常常讲，我的人生没有轰轰烈烈的爱情故事，第一次初恋就嫁了，我也不会怨叹！我很幸运，一下子就嫁对了人，人们都说平平淡淡就是福。其实，平平淡淡才是真。"徐莉感慨20多年的婚姻路，当是"真心"二字：

"其实，早在没有来台之前，我妈一直以为我到台湾怕跟我婆家的人相处不好。受我妈影响，我也担心，所以我常常在想，我该如何融入这样一个不同背景的家庭，我常常在省思，我是谁？我是别人的太太、媳妇，我还是舅妈，舅妈就算是长辈了诶，我该如何扮演好生活中的每一个角色？自己琢磨，自己演练，晚上夜深人静时再想一想明天能不能做得比今天做得更好一些。比如，我老公比较不会处理家庭里的事，照顾公婆大部分都是姐姐做得比较多，她们疼弟弟，因为弟弟的小孩还小，尽量不来麻烦我们。我老公他非常接受，因为从小到大都是大家在对他好，已变成自然了，可我却觉得我老公是独子，很多事应该是儿子该尽的义务，姐姐担起来了，我觉得不好意思，我该为她们做些什么？家里头儿子不做，媳妇就该担起来。"

徐莉说："由于我这么想的，自然就想要回馈大家，后来我公公看病几乎都是我负责。我公公重听，我尽量跟医生问的问题就是我公公要问的，甚至他没想到的我都细心的帮他注意到。最重要的是，跟他讲话要慢，还要清晰，不能太大声，不然他听到的都是杂音。所以他喜欢我跟他出外，不但可以照顾他，还可以当他的耳朵。"

对于家庭其他成员，徐莉抱着回馈感恩的心与大家相处。结婚多年，家里人甚至从心疼先生罗异文转变成全部都心疼她了。"这些都是我没想到的。现在只要我跟我老公吵架，他们都不用问原因一定是我老公不好，以前大小吵架事我都讲给大家听，最后他们都指责我老公。记得有一次吵架，我老公说离婚就离婚，我公公知道了请大姐来跟我说，要是我老公跟我离婚了，我就带着2个孩子搬到我公公家住，我老公很惊讶说，我们离婚了你还要住到我们家去干嘛？我优哉地说，爸爸说的要是我们离婚了，他少了一个媳妇多了一个女儿，叫我搬回去住。我老公彻底不敢跟我吵大架了。当然现在我们很少吵架了，该吵的已吵过了。而且，夫妻感情越吵越薄，没意义。"讲到这些，徐莉很开心，也很欣慰，当人媳妇儿不容易，

婆家如此真心待她，也让她格外知足。

现在，徐莉每天的时间都安排的满满当当，她要为自己的目标前进。每周，她都会去上女性创业课程，学管理、学流程，抽空还要帮助其他嫁到台湾的姐妹，最近的计划是带着自己的产品到日本参展。

这位美丽善良的大陆新娘，用自己的勤劳和智慧，拥有了一个女性该有的一切。而这一切，那么真实，那么美好。

两岸一家亲

台湾新郎 董春保

大陆新娘 薛玉萍

两个人生活就像是一台机器，刚开始全新运转，好不顺畅，可随着生活风雨，时光磨损，机器就需要不断地修复、磨合直至运转默契，这就需要两个人互相理解、包容……薛玉萍与董春保的婚恋故事——

风雨同舟，且行且珍惜

初见董春保和薛玉萍夫妇，就知道他们一定有着很精彩的故事。不管在什么场合，先生董春保都是话语不多却始终面带微笑，眼神也一定是不离太太左右的；太太薛玉萍气场十足，精致的妆容，优雅的衣着，走到哪儿都是焦点……

所以，在第二期两岸婚姻家庭辅导班还没有结束的空档，记者就已经迫不及待地想要听听他们的爱情故事。

"修"来的缘分

采访约在宾馆的房间里，一坐定，董春保就贴心地为我们泡茶，薛玉萍则一下子打开了记忆的闸门，开始讲述她与先生如何结缘。

薛玉萍是军干家庭长大的孩子，从小生活优越，也因此，她骨子里有着一种军人气概、不服输的精神。1981年大学毕业以后，薛玉萍被分配在丝绸公司上班，有了"铁饭碗"，生活悠闲自在。然而让人羡慕的工作只持续了一年，她就辞职了。薛玉萍说，"因为我比较活跃，丝绸公司的活动挺多，我都会参加，基本都会获奖，到最后发展到我基本不上班，到处被借调。苏州电视台没成立时叫什么广播，具体不记得了，就记得那时候也借我播新闻。苏州拍过一个纪录片叫《丝绸之路》，里面有两个仙女，其中一个就是我……好多人都认为我应该走艺术这条路的，后来慢慢大了，觉得这不是我想要的生活，就动了想要出去闯一闯的念头。正好我干姐姐的大伯是台湾人，改革开放后他们就到广州考察，我就想去广东尝试下，也就真的去了。想想那是25年前，城市还是很破旧的，工厂就在半山腰，当时连煤气都没有，用柴煮饭，睡上下铺的床，车间和住宿是连在一起的，我甚至几个月见不到太阳。那段时间真的特别辛苦，我当时每天晚上都哭，觉得完全与我想象中的不一样，是我从没经历过的生活。"

薛玉萍动摇过，既然理想与现实相差如此之远，干嘛还要在这耗着？但不服输的性格使得她又坚持了下来。也正因为她的坚持，才让她没有错过遇见自己生命中的白马王子。

薛玉萍回忆说，"说实话，我从来都没有想过，我的另一半是个工科男，还是个搞技术的。因为那时候没有手机，都是打座机，我又要听电话，又要做出纳，除了技术活儿不做，其他都得一点点学，我那时候把老板的每一分钱都会看的很紧，老板也很信任我。因为我们的设备都是进口的，坏了没人修，找原厂来修就特别贵。有一次设备又'罢工'了，老板又不在，着急的我四处找人，正好有个朋友说给我介绍个台湾人，维修的技术很不错，我立马就打电话问，他就说可以试试。人很快就来了，没想到让我们很头疼的问题，他5分钟就搞定了，结账的时候他找我要了2000多元港币，我当时被他的要价惊着了，太贵了！但想想机器如果再停下来，就要损失更多，当时没有手机，联系不上老板，就只能把钱付了。结果老板回来后把我一顿训，都给我训哭了，老板后来把电话要过去打给他，他很诚实的告知了我们老板具体情况，老板觉得有道理，就要求我们跟他们公司长期合作。后来，我们的设备一直都是他来维修，那个他，就是我现在的先生。"

薛玉萍所说的那个他，正是董春保。在这之后，公司的设备接二连三出问题，董春保一次又一次地被请过去维修，一来二去两个人自然就熟识了。就这样"修"来了一段好姻缘。

这个时候，一直在旁边安静地听着我们聊天的先生董春保说："我在台湾长大，但是在大陆住的时间比台湾还多，我的朋友那时候觉得我肯定追不上我太太，她年轻漂亮有活力，好多人都在追她，我有点赌气，就追了。因为修机器那件事后，我没事就去她厂里帮忙看看设备。接触的多了，她自然就被我感动了。"

相处了近两年的时间，董春保向薛玉萍求婚了。薛玉萍心里还是有点没谱，两个人不在同样的环境成长，家里人会同意吗？可是在见到父母后，他的真诚完全打动了薛家父母，薛爸爸甚至与董春保一见如故，两个人的爱情得到了所有人的祝福。

"磨"出来的事业

在家的时候一直都是大小姐，结婚以后到台湾待产，对于薛玉萍来说，这一路走来也很辛苦的。"我当时觉得特别不公平，先生能知道我的家庭背景，但由于当时的政策问题，我不能考察他的家庭。第一次去台湾，就是去生我女儿的时候，他们家是乡村的，坦白说有好多地方一开始是不适应的，但我觉得我的毅力特别强，我能够忍，我会给自己定一个方向，定一个目标，还好，我坚持下来了。那时候两岸没有现在的政策，地方差异，观念不同，所以一切都是很难的，台湾的太太都很会持家，去了台湾我才学会洗衣做饭，相夫教子。"回忆起刚结婚时的那段日子，薛玉萍至今仍百感交集。

在董春保和薛玉萍的朋友圈里，大家都说两个人是黄金搭档。但更多的是女主外，男主内。事实也是如此，不甘在家成为全职太太的薛玉萍，拿到台湾身份证后，就从台湾来到了深圳，要与先生一同创业。薛玉萍说，"我们在深圳自己开公司，开始做贸易，因为先生学的是自动化控制，一开始我们是做设备的，就是把台湾的中古机器，改装为自动化后卖，后来就自己生产自己卖。再后来觉得那个行业没有前景，就没有做了。"

说起生意，董春保和薛玉萍的经历也是几起几落。薛玉萍回忆说，"2000 年的时候，我们在上海跟一个台湾朋友合作做霓虹灯，那时候还没有 LED 灯，说好的是对方跑业务，我先生做技术，可辛辛苦苦把项目做完后对方却说全部亏损，我们投资的钱血本无归，为了争取自己的权益，一边打官司，一边还要另找出路。2002 年，我出了重大车祸，身上多处骨裂，牙齿都是后来镶的，半年时间出门都需要戴着口罩，回台湾做的手术。可能是大难不死必有后福，同时也撞醒了我，我觉得生活越优越越不会考虑问题，再后来经历一系列的重大事情，我觉得整个人都变了。在缓过一口气后，我们带着仅有的 20 万人民币来到了苏州，一切又从头开始。起初做广告公司，我和先生都身兼数职，最开始都很辛苦，一点门路都没有，不下几百次的时候都想放弃了，可能老天眷顾，每到有想放弃的念头的时候就会有新的希望，所以就一直辛苦的坚持，终于等来了我们的第一个项目。我们最开始其实毛遂自荐，人家可能觉得便宜的就不是好的，就让我们做些简单的设计，可专家评选的时候就觉得我们做的不错，其实我们当时也感动了领导，我们白天黑夜都在办公，虽然家在昆山，基本全待在他们给的办公室里，领导们就觉得我们特别敬业，那时候真的是把全部的精力都放在那儿，那次也没赚钱，主要是积攒了人气。后来就给了我们几百万的项目，我们运气也好，国内现在刚好也在实施照明量化工程，我们资质就一直再升，从三级升到一级，设计甲级，施工一级。有了一个很好的平台，事业也就慢慢做成了。"

现在，董春保和薛玉萍已经拥有一家专业生产 LED 景观灯的公司，拥有现代化标准厂房 3000 多平方米，员工 200 多名。一路拼搏，不服输、不认输的夫妻俩，患难路上"磨"出了成功的事业。

"惜"出来的好家庭

抛开事业，回归家庭，董春保和薛玉萍也是一对相知相惜的好夫妻。

"别看她在外面如何雷厉风行，结婚这么多年，在家我们却基本上没有吵过架。太太在工作上付出的最多，回到家，我应该给她一个温暖的港湾。遇到事情有情绪要发泄，她说，我就不说，也不会反驳她。好听的话就听，不好听的话就当作听不见。当初靠真情感动太太，就是要让她感受我一生的真情待她。"先生董春保说起这话，颇为自豪。

"结婚二十余载，先生真的很迁就我。"薛玉萍亦是一脸的幸福洋溢。她说，"我现在 52 岁了，我真正拼搏的时候是 40 岁，我觉得我 40 岁之前都是傻乐呵的过。所以什么时候做什么事情都要坚持，我身边的朋友时刻都有积极向上的状态，跟我在一起时间长了，都会有想做老板的心态，觉得我给了他们动力。我的应酬比较多，可我也会做饭，我做饭都是色香味俱全，很好吃的。先生是比较宅的，我比较注重仪表，先生的衣服都是我搭配，我买。袜子都是我给他找好，我觉得不是我臭美，是对别人的尊重。"

　　董春保和薛玉萍还有一个宝贝女儿，今年已经20岁了，在纽约读书。"女儿从幼儿园就开始住校，所以从小就养成了很独立的性格。"讲起女儿，薛玉萍很是自豪，她说，"女儿很会学习，很会读书，功课基本上没有让我们操过心，她自己都会提前预习。跳芭蕾，弹钢琴也是样样精通。我从小对她也严厉，但她现在很感谢我，我从来没有表扬过她，一直激励她，哪怕她在学校还跳过级。去国外留学，申请的学校都被录取了，最终选择在纽约读书是因为她觉得她不是为了读书而读书，纽约是一个很开放的城市，各种精英云集在那里，所以她要增长见识，丰富阅历，是为了以后更好的走向社会。女儿很有自我保护意识，从小就有警觉性。走在路上她会四面观察，有次遇到小偷还是她通过影子发现有人跟踪。我跟女儿就是好朋友，什么都会分享，女儿出国两年了，我都还没去看过她，我觉得她有很好的自我保护能力，我相信她的人品、她的能力。"

两岸一家亲

台湾新郎　巫子仪

大陆新娘　员　钰

大多数时候，我们通常会在家做饭吃，在头一天晚上把食材准备好。他下班比我早，提前回家做准备。等我下班出门的时候，他开始洗菜、切菜，准备一切；等我到家换完衣服的时候，一桌子好菜已经摆好了——

幸福，其实就这么简单

与同行好友聚会闲聊，知道她之前的同事很快就要喜结良缘了，出于专栏责编的习惯，好奇地问了一句，"新郎是哪里人？"答曰"台湾人哦。"于是，自然而然，已近"痴迷"两岸婚姻的我，赶紧要来电话，想要听一听这位"新新娘"的两岸爱情故事。

由此，我认识了大陆准新娘员钰和台湾准新郎巫子仪。这可是我第一次在专栏里采写准新娘新郎的故事哟（"准"嘛，这里指已领取大陆结婚证、未举行仪式的人）。

采访过程几经周折，此时的员钰和巫子仪已经离开北京到上海发展，没有办法现场采访，电话、短信、邮件、微信、微博……能够用得上的通讯工具几乎都派上了用场，那几天正赶上"中国好声音"第三季要去她那里录音，能给我的时间总是很有限，虽不忍心打扰，但在我的一再"追踪"下，总算了解了这段跨越海峡的动人爱情故事。

千里有缘来相会

2011 年，在北京上班的新疆姑娘员钰经一个俩人共同的朋友介绍，认识了在广州中医药大学读中医硕士刚毕业的台湾小伙巫子仪。随后，因俩人天南海北各一方，交集的地方并不多，俩人只是认识而已。一次偶然机会，巫子仪和他的几位台湾同学报名参加了国台办举办的一个夏令营活动。活动行程经过北京。于是，在北京停留的那几天，员钰被朋友叫了出来。年轻人在一起，自然共同爱好格外多，大家一起唱歌、玩儿桌游。没想到，就在这喜乐玩耍的过程中，这对青年男女彼此就产生了一些特别的"好感"。

"我不知道这算不算一见钟情，呵呵。之后，他们就回广州了；然后，我们开始常常在微博、微信上有了互动；后来，刚好他过生日，就主动给我打了电话，当时也没有特别说什么，只觉是普通朋友之间的闲聊。可就是那一个电话之后，我们的关系开始有了微妙的变化。"回忆缘起的那段往事，员钰的语气甜蜜极了。

不过，想要在一起，需要考虑的方面还是比较多。比如，两个人当时是一个在广州一个在北京、一个是大陆的一个是台湾的、一个是东部人一个是西部人、彼此对对方的了解还很浅，等等等等。总之，两个人如果决定要走到一起，肯定路是比较辛苦的，一定要经历重重考验。一开始，理性一些的员钰始终在犹豫，到底要不要接受这段感情，"但最终是在他的一通电话中，我答应了他想要一起走走看的请求。要爱，就要勇敢地爱，如果连尝试都不敢的话，失去了爱情，那就真的太可惜了。"

要在一起，首先要解决的就是异地问题。巫子仪本来的打算是毕业之后就回台湾发展的，为了员钰，他毅然放弃了自己当初的决定，来到北京。

"刚开始我们在电话里跟双方家长报告的时候，家长们都吓了一跳，尤其是我妈，还怕我被骗了，哈哈。他爸妈一听到新疆，觉得好远啊！但是很幸运，我们双方的父母都还是很开明，很能理解我们的家长，所以他们还是尊重我们的决定，希望我们好好发展，他妈妈也暂时放弃了想让他回台湾发展的打算。"员钰回忆说。

2012年8月，巫子仪的爸爸突然脑出血住院，需要他回台湾照顾一段时间。这对于每天都在一起的两个人，无疑是一次较大的考验。但结果是，考验不但没能考倒他俩，而且产生了非常强大的爱情正能量，又一步地拉近了他俩彼此的距离。爱情的上帝有时就会眷顾有情人，时不时地给以机会。

"还好，巫爸爸的病情好转得比较快。那段时间，他在台湾只待了一个多月，再回北京来，他陪了我很长时间，一直到年底。他不在身边的时候，我们就常常用微信联系，知道对方每天都在干什么，互相提醒要照顾好自己。"

讲起离别的那段时间，员钰直言，那是一段难熬又甜蜜的日子，分开以后，才懂得更珍惜彼此。

享受简单幸福

回到北京以后，巫子仪和员钰继续为工作忙碌着。但忙碌的日子因为

有了爱，才更温暖。

"子仪的生活习惯很好，不抽烟不酗酒，吃饭也不挑剔，很多时候我觉得很像我爸爸，很有家庭责任感。

"之前我的工作有晚班，晚班时间是 10 点下班，只要他在北京没出差，都会去单位接我下班。

"我休息的时候比较喜欢出去逛，出去'兜风'，吃好吃的。他比较宅，但是他跟我在一起都很愿意陪我出去，任何事情都先想着我。

"每次家里大扫除，我扫地、拖地，他帮着挪东西，我洗好衣服，他会帮着晾。

"他还很喜欢设计家里和 DIY，虽然是租住的小屋，也被我们设计、摆放得很合理，方便又充分利用空间。"

……

员钰说，这种幸福虽然很简单，我们却很享受。"大多数时候我们都会在家做饭吃，子仪可是我们家的大厨，因为他一直在大陆上学的原因吧，我们在饮食上并没有太大的差异。通常我们都会头一天晚上就把食材准备好。他一般下班比我早，就会提前回家做准备。等我下班出门的时候他开始洗菜、切菜，一切准备完毕，等我到家换完衣服的时候，一桌子好菜已经摆好了。吃完饭的碗也是他洗。因为我的手用水用多了会裂口子，他笑说我这是富贵手，我说我这是大厨手……"

"在一起相处的日子里，我们一直都很默契，不知是不是因为我们两个太像，常常能想到一块儿去。我觉得我算是比较文静型的女孩，但在他的眼里我比较多变，说我是百变小魔女，有时文静得像个小女孩，有时又活泼得像个大男孩，而且他常说我的心情像是'晴时多云偶阵雨'，让他每天像在洗'三温暖'一样，其实那也是因为只有在他面前我才会像一个没有包装过的真实的自己，有什么情绪就会直接地表达，虽然有时他会觉得有点直接，我想这也许是不同地域人表达上的一些差异吧。

"而他，个性算是比较稳重，诚恳实在，一开始接触时，表面上的个性也是比较静的那种，但其实内心也是个闷骚的大男孩，所以说我们两

个真的是有太多相似之处。

"他最吸引我的地方应该就是善解人意吧！他总是很能分析我、引导我，无论是在待人处事方面，或者是在各种大大小小的事情上，在我没有主意时，他经常能给我一些比较正确的方向。我很喜欢和他沟通交流，这也是他在和我一起时一直强调的，俩人之间的相处一定要有良好的沟通，彼此心里不藏事，有想法就交流，这样才能达到最佳的磨合。他也说我最吸引他的地方，除了善良真实外，其实就是能与他沟通，因为没有什么事比能相互沟通交流更重要了。和他在一起，我学会了什么叫相处，什么叫爱，真正感觉到了'爱'原来是这个样子的！"

员钰就这样在简简单单的日常生活中，享受着超级的爱情滋味。

为理想一起打拼

今年初，经过去年一整年的纠结和思考，以及各方面的衡量之后，员钰和巫子仪决定一起到上海发展。

"表哥在上海这里有家琴行，我也重拾音乐专业，堂弟也正在上音读研，一家人在一起打拼，互相有个照应。而他，我笑说一个台湾人，北上广现在都呆全了。如今，我们为了能够在一起，彼此都为对方做出了一些牺牲。这也就是所谓爱的力量吧！"

说起彼此的父母亲人，员钰坦言："我们双方的父母一直都是我们最该感谢的人。我们在一起两年多，他去过我家两次，我爸妈还有其他亲戚，都对他挺满意的。见到他本人之后，我妈妈也逐渐消除了之前的一些顾虑。我虽然一直还未去过他家，他父母都是在他的描述中，还有通过 skype 的视频聊天中了解我。能得到这样的爸妈们的理解和支持，是我们能够在一起最最幸运的事吧。"

今年清明节放假的时候，员钰和巫子仪的父母分别从乌鲁木齐和台湾飞来上海见面，都说结婚是两个家庭的事，两个家庭能够融洽地相处、交流，彼此尊重、理解，是两个人在一起幸福的基础。员钰说，虽然我们这一段姻缘线拉得真是有够长的，但我们的心没有距离。在双方家长的祝福下，我们的婚期定在今年 8 月。

在事业上，巫子仪的态度是希望稳中求进，虽然现在做的事情跟自己的专业没有太大关系，但为了先安定好员钰的工作，所以他也选择了先一起在表哥的琴行里努力打拼。

"其实，我们俩也觉得能在一起工作是件幸福开心的事，当然他医生的职业不能放掉，以后遇到好的机会还是会把握。目前，我们这些家人的身体健康也都要依赖他呢。"讲起这些，员钰笑得特别开心。

是呢，有什么事情可以比相爱的两个人，能够每天在一起，做着相同的事情，一个眼神、一个会意的笑，更让人觉得幸福原本就这么简单，就如此真实的呢？

说起未来，员钰说，"我们一直以来得到的都是祝福、理解和支持，觉得要加强的就是对于父母的照顾，由于父母年纪也渐长，对于原本生活的环境也比较习惯，所以我们在外漂着，离双方的父母都远，接下来要努力的目标，除了事业上的打拼外，最希望的就是能常回家看看，或者是能把他们接到我们的身边一起生活。再接下来考虑的问题还有到时生孩子要在哪里读书的问题，两岸的教育各有优缺，生活环境各有特色，实在很难去权衡选择，这都是需要继续去讨论、沟通的。

"关于两岸发展的问题，我们非常关心，何况我们自身就是两岸发展的最好见证和结果，所以，对于两岸未来，我们更加希望，发展一定要以便民为目的，为我们中华这个大民族的强盛为目的，多出台些好的便民政策。比如，台湾人民在大陆办理一些相关业务，若没有中国大陆身份证就无法方便地办理，虽然这要真正实现统一标准是有非常大的难度，但还是希望能多开放以台胞证就能办理的一些处理方式，不然有时真的很麻烦。当然，这种现象如在台湾生活的话，也是可能面临同样的问题，因此，最期许的就是尽可能地给两岸联姻的家庭更加方便的生活。"

两岸婚姻，其实不就是两岸和平的晴雨表吗？

两岸一家亲

台湾新郎 袁仕昌

大陆新娘 原乃彭

"如果我不从奥克兰去看他，他就不会帮我转学；如果他去澳大利亚我没有跟着去，我们也不会有后来的事；如果我回北京他回台湾了，我们也不会在一起……"原乃彭一直说，如果当初两个人对感情的意志薄弱一点，或许就不会有现在的结果——

爱情、婚姻、事业都需要勇敢和决心

与原乃彭聊天，总有一种错觉和穿越感。

她看起来太年轻了，她是大陆新娘，也是一个性格爽朗的东北女孩。在她身上，找不到岁月的痕迹，交谈中，她扑闪着的大眼睛仿佛也在跟你说着话。真不敢相信，这是一个已经结婚12年，有了两个孩子的妈妈。

在原乃彭和先生袁仕昌的茶楼里，我们饮茶闲叙，原乃彭有着一手泡茶的好手艺，先生袁仕昌是台北市人，话不多，聊到一半，干脆"退场"一边，只听我们说。窗外小雨细细，屋内茶香四溢。我们真不像第一次见面，倒像是一见如故的老友，多年未见，而我则在惬意地分享不曾听过的、她美丽的爱情故事——

逐着沙滩，留下一串串快乐的脚印

1999年，随着出国留学的热潮，原乃彭带着家人的期望和嘱托，漂洋过海，远赴新西兰读书，那一年，她只有18岁。

原乃彭读书的那个城市，是一座人口很少的小城市，当时的留学生很少有亚洲人，更别说中国人了。一个18岁的女孩，只身一人来到了陌生的国家，看着不认识的文字，听着听不懂的话语，很多的事情都是不知所措的，遇到困难也不知道找谁解决。一个偶然的机会，一个偶然的电话，却将她和本不在同一个城市的台湾小伙子连在了一起，而后就再也没分开了。那一年，台湾男孩袁仕昌20岁。

"认识我先生完全是个意外。"原乃彭说，"一个我不认识的人（和我同一个中介公司联系出国的学生）将我的电话给了他，为了相互有个照应。那个时候在那座城市留学的中国人好像就我一个，所以当他拨通我的电话，我还真挺意外的。不过很开心，终于有个能说上话的朋友了"。

回忆起这些，原乃彭说的很兴奋，一旁的袁仕昌不多话，却很佩服太太"惊人"的记忆力。

"好多细节，我真的都不太记得了。"袁仕昌如实说。

"这是女人的天性，没办法，哈哈。不过现在你也要仔细想想哦，这是我们共同的记忆才对。"原乃彭撒娇道。

两个人时不时的互动，自然温暖。婚姻最好的状态，也该如此。

之后的很长一段时间里，袁仕昌都像大哥哥一样关心着原乃彭，帮助她办理很多自己无法办理的事情。他们从来都没有见过面，一直都是电话联系，原乃彭甚至都不知道袁仕昌真实的名字叫什么，只知道他的英文名字 Jack，直到有一天，两个人都放假，对彼此都好奇的两人约好见一面。

"我记得很清楚，那天他打扮得特滑稽，带着一副黑框、黄色镜片的墨镜，穿着一件花色的衬衫和亚麻布的沙滩裤，脚上踩着夹脚拖鞋。我穿着一身的运动服，当时觉得还很美。只是一见面我们都对彼此特失望。哈哈，完全不是自己想象中的那个样子。不过那个时候，两个小孩子还没有过多的想法，我们去沙滩玩了很久，玩得很开心。那是我第一次见到海。"原乃彭回忆起这些片段的表情，完全就是个小女孩儿，时间仿佛回转到了她 19 岁的那个夏天，在异国他乡的海滩，两个无邪的孩子，逐着沙滩，留下一串串快乐的脚印……

那个时候的他们，保持着最纯洁的友谊。

随着时间的脚步，两个人的关系也悄悄地发生了变化。2000 年寒假，两个人分别回到了中国大陆与台湾自己的城市，袁仕昌的电话没减，打的愈发勤了。那个时候的国际长途非常贵，一个多月下来，家里的电话费让袁妈妈吃了一惊，还以为儿子在家打什么不良电话呢，到电信局一查，全是海峡彼岸的同一个家庭号码。在袁妈妈的"盘问"下，袁仕昌只好告诉了妈妈自己的心思。袁妈妈并没有太放心上，在妈妈的心里，刚刚 20 出头的小伙子，可能就是一时的感觉吧，能给人什么样的山盟海誓呢？

谁都没有想到，两个人越走越近，直至约定终生。

亦波亦顺，"惊天动地"的结婚历程

原乃彭一直说，如果当初两个人对感情的意志薄弱一点，或许就不会有现在的结果。

"如果我不从奥克兰去看他，他就不会帮我转学；如果他去澳大利亚我没有跟着去，我们也不会有后来的事；如果我回北京他回台湾了，我们也不会在一起……"

各种如果！听着眼前这位不时让我有错觉感的年轻妈妈，讲述着自己"惊天动地"的爱情故事，我对她又多了一份钦佩。

结束了假期生活，袁仕昌回到了威灵顿的学校，原乃彭转学到奥克兰，两个人依然不在一座城市。刚刚办好入学手续，恰逢学校举行运动会，得知自己可以不用参加，已经许久没见袁仕昌的原乃彭拨通了他的电话，想要去看他。袁仕昌同样很激动。一下飞机，两个人的感情瞬间爆发，没有各种思念的表白，袁仕昌轻吻原乃彭的额头，一切都那么美好。就这样，爱情开始了。

到了该回去的时候了，袁仕昌却说什么也不让原乃彭走了，为了让心爱的姑娘留下来，他找朋友帮原乃彭办转学，希望她能跟自己在一个城市。等一切手续办下来，原乃彭才告诉在国内的父母。"妈妈知道后是各种咆哮，但还好，等冷静下来，她也接受了。妈妈觉得既然放我出去了，我也能有自己的主见。"妈妈的理解与大度让原乃彭很感动。

2001年，似乎是爱情极为关键的一年。原乃彭顺利考上了基督城的一所大学，而袁仕昌则面临着毕业的问题，为了不分开，袁仕昌选择申请原乃彭学校的预读班，后得知这并不是他想学的东西，于是他又申请澳大利亚的学校，去了之后才知道过了期限，结果只拿到了澳大利亚3个月的旅游签证。很快，袁仕昌又面临着要回台湾服兵役的问题。

分开了，也许就很难再在一起了，或许就永远见不到了。想到这就十分难过的原乃彭，大胆地又做出了一件很勇敢的事情：退学去澳洲，去找那个能给自己安全感的男孩。此时袁仕昌还不知道原乃彭做出这件"勇敢"的退学事。当原乃彭到澳洲来告诉他的时候，袁仕昌很诧异。但冷静过后他还是劝她要回去好好读书。不过，已经下定了决心的原乃彭这个时候心里只想好好陪着袁仕昌，她不想失去跟他在一起的每一天时间。于是，3个月的时间里，两个人放空了一切，尽情地展开爱情之翅，在澳洲的很多地方幸福地飞翔，仿佛是离别前的狂欢。

然而，3个月转瞬即逝。面临即将要分离的事实，两个人特别伤感。此时的两岸远没有现在这么开放，原乃彭不能去台湾旅游，袁仕昌要服兵役两年后才有可能来大陆。两年的分离，可能会有太多的变数，彼此都有万分不舍……为了能在一起，袁仕昌突发奇想，要跟着原乃彭回大陆，要与原乃彭父母见面，说服她的父母大人定下两人终身大事。

"现在回想，如果当时他没有对这份情的坚定意志，我们现今可能还依然天各一方。"原乃彭说到此处很动情。而我也真真被他们的果敢和勇气打动。有时候，爱情需要的不是等待，是毅力和决心。

两个人最先回到的是天津，不是哈尔滨。为了能给父母一个情绪上的缓和期，原乃彭带着袁仕昌住在了天津的姥姥家。这期间，聪明的原乃彭组织了一次外出旅游，叫上了父母，也带着袁仕昌。一路上，袁仕昌的懂事和贴心打动了原妈妈。之前在国外读书的时候原妈妈去看望自己的女儿，已经见过袁仕昌，对小伙子的印象不差，只是觉得女儿还太年轻，不会多么认真。而原爸爸一直不为所动，坚持无声的抗议。作为家里的独苗，原爸爸当然不希望女儿嫁的太远，免得太牵挂。姥姥却赞同原乃彭早婚。一段时间里，一家人对是否同意交往、是否可以早些结婚而意见不一。就在商量的过程中，一件事却自然而然地加快了两人结婚的步伐——原乃彭怀孕了。

起初，家里人都慌了，原乃彭却异常镇静。在她心里，与袁仕昌一起经历了那么多都没有分开，两个人注定要在一起，有依靠，就不怕。袁仕昌也赶紧给在台湾的父母打电话，告诉父母想要结婚的想法，父母都很支持。面对这样的情形，特别是看到两个孩子人虽小思想却异常坚定成熟，原爸爸放心了，最终不再坚持反对。

就这样，2001年11月24日，两人在哈尔滨举办了隆重的订婚仪式。

12月5日，袁仕昌生日那天，两个人正式结为连理，在大陆领到了红彤彤的结婚证。

"按照台湾的一些习俗，婆婆那边希望是一生只结一次婚，只穿一次

婚纱，所以当时就征求我们的意见，婚礼是在哪里办？如果是在大陆办，那她就把在台湾给我订的婚纱寄过来。我妈妈也是很大气，她觉得结婚还是男方那边更重要一些，毕竟我们这边是嫁出去，他们那边是添丁加口，所以妈妈决定只在哈尔滨办一场订婚仪式，也不要穿婚纱，穿旗袍就成，等到台湾，再正式办婚礼。"原乃彭说，"因为当时婆婆还在上班，不能来大陆，所以订婚仪式公公来了，还带来好多台湾的喜饼。能跟先生亦波折亦顺利的在一起，离不开开明、理解我们的父母，我们都很感谢他们"。

2001年12月18日，一切赴台手续办好后，原乃彭离开父母，随袁仕昌回到台湾，10天之后，台湾的公公婆婆为他们举办了一场隆重的结婚仪式，所有台湾的亲朋都到场，一起见证了这段美丽奇缘。

创业维艰，但最终在大陆收获

婚后，原乃彭大部分时间都生活在台湾。但因台湾对大陆新娘的歧视，原乃彭同很多大陆新娘一样，很长一段时间都不能外出工作，只能在家带孩子。不过生活过的非常幸福，公婆对她像亲生女儿一样的照顾，虽然不在一起住，但是对小两口的生活起居照顾得很周到。原乃彭不会开车，婆婆便担负起每天接送孙女上下幼儿园的任务，每天早上接上原乃彭送女儿上学，再将她送回家，一直如此。爷爷则会每天都给自己的小孙女做爱心便当，一家人在一起，生活简单而温馨。

结婚的前几年，由于原乃彭没有工作，袁仕昌只在一家设计公司上班，生活没有那么富足。虽然两家父母的条件都很好，但袁仕昌独立的个性让他拒绝了父母的更多帮助。而对于原乃彭，尽管生活的大部分重心都在家庭上，但个性外向、闲不住的原乃彭还是感觉这样的生活极其枯燥无聊。于是，聪明的她想到了做家网店，这样不用出去，不用露脸，就能赚点钱来补贴家用，虽然这也会有一定的"危险性"。"那段时间，我每天都要推着婴儿车往返邮局四五趟，因为一次拿不了那么多的货去邮寄，公公婆婆没退休还在工作，我一边带孩子一边开网店，很辛苦，却很充实。"想起那段难忘的日子，原乃彭很怀念。

时间飞逝。虽然在台湾生活的很幸福，思念父母的原乃彭想要回到大陆生活，但顾忌先生的工作重心在台湾，她一直将这个心思埋在心底。到2005 年，一直在设计公司上班的袁仕昌每天都要加班到很晚，再加上与老板在设计理念上有了意见分歧，很长一段时间工作的很不开心，也有了想要辞职的想法。原乃彭潜意识里感觉到了，她心里反倒有点开心，因为这样她好将自己的想法说与他，可以说服他一起回大陆……终于，在一天，她将心思告诉了先生，先生听后，也说了自己最近的不快。于是，两人一拍即合，经过几天的商量，遂决定回到大陆开创事业。

2006 年初，夫妻俩告别台湾亲人，带着女儿回到了天津的外婆家，开始为创业做准备。他们想在天津开一家西式料理店。

但创业从来都没有那么容易。对于当时还没有什么创业经验的原乃彭夫妻俩来说，更不会那么顺利。在天津摸索了几个月，首个创业计划最终还是"胎死腹中"。回忆那段经历，原乃彭说，"选择开餐厅是因为当时我先生台湾的一个好哥们儿正好在天津，他爸爸是厨师，我们想着不用担心请师傅。那段时间他和朋友还专门到西餐店打工两个月，了解一些相关知识。我则一直在找合适的地点，每天都在外面跑到很晚，可还是遇到了很多问题。几个月下来，当初的那个兴奋劲没了，女儿又到了上幼儿园的时候，先生也有点不太适应这边的生活，我开始思考，难道这是我要的生活吗？在几次商量沟通之后，我们决定放弃生意，把女儿带回台湾上幼稚园，接受台湾多元化的教学环境"。

就这样，在大陆待了不到一年，一家三口又回到了台湾。

2010年，夫妻俩迎来了第二个女儿，这时大女儿已经上小学二年级了。原乃彭又重新开始了家庭主妇的生活，可是她的内心是渴望出去工作的，她希望不止先生的家庭接受自己，更希望自己能够融入到台湾的社会中。在小女儿不到一岁的时候，原乃彭又和先生谈论到这个问题，先生这次支持了她的想法。

"我先后在书店、公司、超市上过班，都离家很近，婆婆那个时候已经退休了，可以帮我带孩子。上班不为赚钱，在上班的过程中体现着我存在的价值，我觉得这是我最需要的。"原乃彭说，对于社会认知，她一直都有自己的想法。

2012年春天，袁仕昌一个朋友家里的茶山产的茶叶得奖了，拿来得奖的茶叶跟夫妻俩分享这份喜悦，谈话中原乃彭了解到大陆人对台湾茶叶还是非常喜爱的，于是在先生朋友走后，原乃彭又开始和先生商量起回大陆做生意的事情。出乎意料的是，先生竟非常支持她的想法。袁仕昌是学室内设计的，可是对做生意也挺感兴趣。一直对经商很"感冒"的原乃彭很想帮着先生完成这个愿望。虽然之前去大陆创业失败，但这不能成为止步不前的理由。更重要的是，远在大陆的父母年纪渐长，原乃彭一直希望能够伴随左右，最后两人再次决定，留下大女儿在台湾继续学业，带着小女儿，回到哈尔滨做茶叶生意。

讲起这些，原乃彭很激动："先生很有眼光，他认为未来的亚洲市场、国际市场重点都在大陆，现在趁我们年轻，努力奋斗一定可以打出个名堂来，就这样我们回到大陆开了专做台湾茶叶、茶具的专营店，不到一年的时间迅速累积了人脉，又开了一间茶楼。现在我和先生都很满意现在的生活，他也习惯了这边的生活，交了很多当地朋友，结婚10多年，我突然觉得这才是我生活的开始，对未来，我们充满希望。"

原乃彭是个很感性的人，回忆起与先生在一起的浪漫，情人节的99束玫瑰花、生日时的神秘礼物、捂在怀里一上午保温的热巧克力……她会孩子般哈哈大笑，讲到动情处，她亦几次落泪。大女儿已经12岁了，仍留在台湾上学，公公婆婆在照顾，女儿的懂事却让原乃彭很自责，毕竟父母不在身边的童年多少有缺憾。让她用一句话总结自己的婚姻，她说，婚姻改变了我很多，它需要经营、需要理解、需要信任、需要妥协。正如两个人吵架，男人吵架吵的是理，女人吵架吵的是情，没道理的时候，一个人的妥协和退让，便也成就了彼此的感情；袁仕昌却说，"我是在对的时间遇到了对的人，我很幸运，早早儿的，就遇见了她……"

回程的路上，塞上耳机，一首范玮琪《如果的事》："我想过一件事／不是坏的事／一直对自己坚持／爱情的意思／像风没有理由／轻轻吹着走／谁爱谁没有所谓的对与错／不管时间／说着我们在一起有多坎坷／……／别人都在说我其实很无知／这样的感情被认定很放肆／我很不服／我还在想着那件事／如果你已经不能控制／每天想我一次／如果你因为我而诚实／如果你看我的电影／听我爱的CD／如果你能带我一起旅行／如果你决定跟随感觉／为爱勇敢一次／如果你说我们有彼此／如果你会开始相信这般恋爱心情／如果你能给我如果的事……

原来艺术从来都是源于生活，这句句歌词，说的不就是浮在眼前的这对幸福的人儿么。

两岸一家亲

台湾新郎 周鲍华

大陆新娘 孙 玮

婚姻是要经营的，好的经营会让婚姻幸福。不幸福的，总是有一个人有问题。两个人在一起，不可能一个人老进，一个人老退。一进一退，把握好度，婚姻才能长久。她的婚姻感悟是——

学会经营爱情的人才能收获幸福婚姻

与周鲍华夫妇相识，源于今年第二届海峡婚姻家庭论坛。在分论坛活动上，有着天生好嗓子的大陆妻子孙玮在台上与大家分享自己的婚姻感悟，而坐在台下的台湾丈夫周鲍华极出神地看着妻子，满眼的柔情蜜意。这一幕，感染了在一旁的我。"这对夫妻从杭州来，他们很有故事哦。"民政部海峡两岸婚姻家庭服务中心的同志提醒我，我更是迫不及待想要听听他们的故事。

等他们稍稍闲下来，已是晚上9点钟，但周鲍华夫妇还是如约而至。周先生高大儒雅，声音充满磁性，递给我的名片是一张小折页，头衔很多，正、反面都印满了，有繁体字，也有简体字，有商人身份，也有社会职务，一旁的妻子笑着形容他"因为这些身份的束缚，他呀，不是在开会，就是在去开会的路上"。话题自此开始。那一晚，我们聊至凌晨，这是我采访经历的第一次。

根在大陆，缘在大陆

1955年出生在台北的周鲍华，自小对中华文化就有着特殊的感情，中国历史、古典文学他都热爱至极，但直到中学，他才明白，大陆浙江才是他的根。但大陆，也是一个自己"到不了的故乡"。

"我是学历史的，爸爸是宁波人，妈妈是上海人，也许是父母的血缘因素，从小我就对大陆有种特别的牵挂，那种'大中国思想'一直在我心中存在。读大学的时候，我就特别渴望能回到自己的故乡看一看，但当时大家都很清楚，那是不可能的。"讲起在来大陆之前在台湾的生活，周鲍华的眼里流露的渴望，仿佛故乡从来未曾远离过自己。

直到1990年的秋天，周鲍华终于踏上故乡的土地。那一年，他已35岁。

"脚踩到故乡土地的那一刻，我真的都不敢相信，向往已久的日子就这样到来了，不敢想象，真的不敢想象。"周鲍华至今依然清楚的记得那天的行程，一大清早从台北松山机场出发，到香港启德机场中转，再飞笕桥机场，抵达杭州已经是下午三四点了。"七八个小时的飞行与等待，真正抵达的那一刻,那种感觉五味杂陈,难以描述,不敢想象,不敢想象……"一连说了好多遍"不敢想象"的周鲍华,回忆起当初,一向平和的语调,到这时才显出几分难以抑制的激动。

就在1990年周鲍华到杭州不久,他认识了孙玮,一个土生土长的杭州姑娘。两年后,他们在台湾举行了婚礼。这段最初并不为外人所看好的婚姻,今年已过20年。

谈起两个人相识相恋的经过,妻子孙玮至今记忆犹新:

"那个时候我是在旅游公司工作,先生是我哥哥朋友的朋友,因为他当初做的是外贸生意,时常会各地跑,他到大陆来买机票的任务就被朋友'分配'到我这儿了,我整整给他买了两年多的机票,也因而了解了他整个的工作轨迹,他很能干,也很能吃苦。

"他是一个典型的'慢热型'性格,我又比较'后知后觉',所以头两年两个人一直都是朋友关系,只是他不管出差到任何地方,哪怕是国外,都会给我打长途电话,而且一打就是很长时间,那个时候长途电话费是很贵很贵的,很多身边的朋友都说我们俩煲的这个'电话粥'花掉的电话费都能买栋房子了。有时候接电话被同事看到,他们都会笑说'拆房子'的又打电话啦?

"两个人的感情是自然而然的,所以当他向我表白的时候,我一点都没有犹豫。虽然之前没有太多相处的时间,但也算经历了时间的考验,时间长了,彼此都有了默契,甚至他会做的下一个动作我都能知道,这种感觉很奇妙,也很让人安心。先生跟大陆很有缘分,对大陆很有感情,他经常会跟我说他的根在大陆,在合适的时间遇上了我,姻缘一定也在这里……"

妻子孙玮很会表达,说话的语气也很温柔,而先生周鲍华依然用柔情似水的眼神看着自己的妻子,给人的感觉,哪像是已经经营了20多年的婚姻?倒像是刚刚新婚小别,甜蜜极了。

等待幸福,一起幸福

恋爱是最甜蜜的事情,虽然顺利"俘虏"了孙玮的心,但父母那一关也至关重要。

孙玮的父母都是上世纪 50 年代的大学生，知识分子家庭，比较传统，对于女儿找的台湾男朋友，父母一开始是反对的，因为那个时候接收的资讯都是不好的居多，在他们的印象中，到大陆来找新娘的台湾人要么就是老兵，要么就是残疾人，更重要的是路途远，别的地方想女儿的时候能去看看，这个地方想去都去不了。各种因素综合，老人很是担心。

但困难，阻挡不了爱情。

孙玮还是很顺利的做通了父母的思想工作，父母也想见见这个如此有魅力、能吸引女儿的台湾男孩子到底是个什么样的人，谁知第一次见面，周鲍华就做出了让一家人很感动的事情。

孙玮回忆说，"当时先生是住酒店，知道父母要见他，他倒没有很紧张，而是开始安排饭店吃饭啊什么的，很细心，但是我父母出于其他考虑，就没有让他安排吃饭，我们是在家里吃完晚饭后去他住的酒店，当时他准备了好多东西！各种证明，包括公司的执照、单身证明、台胞证、毕业证……只要能证明自己身份的，基本上都在，连父母都很惊讶这个大男孩的真诚。坐下来聊了很久，他把自己的背景交代的清清楚楚，摊开了自己的一切，我父母顿时对他有了好感，觉得他不仅诚实，还是一个很有想法的人，然后就同意我们交往了。"

可是那个时候的周鲍华做的是外贸生意，脚步不能因爱情停滞，孙玮的工作不能随时离开，两个人能否相聚完全要靠周鲍华的"坚守"和等待。周鲍华当时在杭州没有家，也没有亲人，每次从台湾辗转飞到杭州看孙玮，碰到孙玮出团，他都是等她回来，有时候一等就是三四天，这让孙玮非常感动："先生的耐性很好，他可以一个人在酒店待三四天，也没有任何怨言，能为我做这样的事情，这个男人值得托付，关键是他脾气也好，好脾气很重要。呵呵。"

等待了两年，爱情终于修成正果。1992 年 6 月 29 日，周鲍华和孙玮在杭州举办了一场跨越海峡的婚礼。远在台湾的亲人全部到齐，一同见证一对新人为爱的承诺。这是孙玮第一次看到公公婆婆以及哥哥嫂子。虽然是第一次见面，但一家人一见如故，仿佛早已认识。

当时两岸婚姻很少，这一桩跨越海峡的婚姻，在当时的外人眼里是很新鲜、也很奇特的组合，但周鲍华却说，或许是因为自己根在大陆，从小家庭教育跟大陆没太大不同，所以跟太太间没有太多的观点差异。"当时夫妻双方往来真是非常困难，手续复杂而且费时很久，这确实是我们结婚时面对的最大问题，想要在一起很不容易。1993 年台湾刚开放大陆配偶赴台时，当年申请海基会婚姻文书验证的仅 4162 人，我们是这 4162 人之一，我身边的亲戚、朋友就我们这一对，结婚三四年之后，大陆配偶探亲才变得方便起来。"

结婚以后的日子依旧聚少离多，虽然将台湾的业务转到大陆，停不下来的周鲍华又跟朋友合伙开了一家公司，从做化妆品外贸商转到制造商，1999 年，在杭州的朋友又鼓励他做汽车驾驶员培训，他做成了杭州市第一家汽车驾驶员培训有限公司。事业顺风顺水，与妻子孙玮的默默支持离不开，在周鲍华创业阶段，孙玮不会干涉太多，但一定会在旁边辅助，先生遇到什么问题，也一定会出谋划策，直到问题解决。

让孙玮用一句话来总结自己 20 多年甜蜜依旧的婚姻生活，她感悟道，"婚姻是要经营的，好的经营会让婚姻幸福，不幸福的，总是有一个人有问题，两个人在一起不可能一个人老进，一个人老退，一进一退，把握好度，婚姻才能长久。"

说得多好。不管是恋爱还是生活，都如同在跳舞，总要学会退让，强硬的姿态，站久了会累，弯腰、低头，不是认输，反而让舞蹈变得更完美。

女儿成长，尊重为上

谈起女儿，先生周鲍华的眼神立马慈爱起来，而妻子孙玮则拿起手机，先让我看两个人的微信互动。

孙玮说，"我和女儿之间是平等的母女关系，有时候甚至都不像母女，更像是姐妹，她会批评我这件衣服不够时尚，会夸我的新发型，我也会尽

可能尊重她作的决定，但绝不溺爱。虽然家境会好一点，但不是要什么就有什么，有时候得不到满足，就会去找爸爸，通常爸爸会扮演老好人的角色，暗地里悄悄已经把东西准备好了。"

别看自己还经营着一个驾校公司，周鲍华却不会开车，接送女儿上下学的事情都是孙玮来完成，因而孩子的教育也是孙玮管的多一些。

"在孩子的教育问题上，曾经也走过错误的路，女儿的理科成绩不是很好，那个时候很着急，就给她找老师拼命补课，但是效果却还是不理想。孩子对它不感兴趣，自然不会用心学。后来发现她对英语比较着迷，就给她换了个方向，结果她进步的很快，所以也就没再勉强她。小孩子让她做快乐的事情比较重要，也更容易得到成功，发展她强项的、感兴趣的才会越来越好。"

如今，女儿已经上高中了，而周鲍华这个台湾人，在妻子看来，早已"蛮像一个杭州佬"。

问这个"蛮像杭州佬"的台湾人，在杭定居 20 年，融入本土文化真的这么容易吗？"能在这里留下来的台湾人，都是非常能融入本土文化的，不能适应的都回去了。在杭州 20 年，身边的台湾朋友，有来的有走的，总体看，来的比走的多。"周鲍华的回答透着商人的"机敏"，但他也承认，两地处事上"不能单纯地以'好'或'坏'来评判，只是'不同'"。

"不同"其实很细微。"记得女儿上幼儿园的时候，有一次带她回台湾探亲，吃饭的时候，小朋友拿着筷子自己扒饭，台湾的亲戚朋友都惊呆了，这么小的孩子会用筷子，会自己吃饭？在台湾的幼儿园吃饭都是阿姨一个个喂的。"周鲍华说，这是第一次，他真切地感受到大陆基础教育对孩子独立性的培养比台湾更注重。

然而这并不意味着台湾的教育"不好"，而是两岸教育各具特色。我好奇：为什么没有把女儿送回台湾读书？

"我从未这样想过，女儿也从未这样要求过。孩子虽然生在台湾，但从小到大都在杭州上学，我们常常回台湾探亲，她也与台湾的同龄人交流，语言没有障碍，繁体字、简体字她都能读。既然沟通没有问题，为什么要回台湾读书？"

回台湾次数多了，有了比较，女儿会不会不习惯？

周鲍华的回答还是"不会"，女儿也没说过。衣食住行都习惯，也没有大人那样的地域和政治意识，"女儿和她台湾的朋友们在一起时，谈论的是萧敬腾的新歌、林志玲新代言的洗发水、林书豪到底帅不帅……"所以在周鲍华的眼里，很多问题留给后代去解决是对的，"社会在进步，交流在持续，孩子们一定比我们聪明，你说是么？"

事业有心，事业有成

说到"两岸邻里节"，周鲍华笑得很开怀，此次海峡论坛，他除了要跟妻子分享自己美满的婚姻生活，也把自己工作的另一个中心点带来与人分享。

第一届"两岸邻里节"是 2008 年。谈起办这个活动的初衷，周鲍华说就是想搞一场最基层的互动，让大家试着互相了解。他回忆说，"第一届请的是在浙台商，到杭州社区的一些居民家做客，视频连线台湾互祝中秋快乐，还比较顺利。2009 年，两岸关系和缓，我们还邀请了台北县（现新北市）中和市佳和里 13 位普通居民，结果邀请发出去了，却迟迟没有回音。"

周鲍华不得不亲自回了一趟台湾，了解他们的顾虑。"我们邀请的都是从未来过大陆的台湾人，不分蓝绿，但他们还是心存疑虑，担心来了成为'统战'的目标。"

虽然心怀忐忑，但他们还是来了。"行程都是以文化交流为主，参观台资企业和本地知名企业，到杭州居民家中做客，参观街道和社区，最后他们放心了。"周鲍华说，"两岸邻里节"办到第四届，从中和到新北再到台湾全境，已有不少台湾居民来过杭州，"亲眼看到、亲身感受毕竟不一样，参加过'两岸邻里节'的台湾人至今仍与相处过的杭州家庭保持着良好的互动。"

周鲍华是商人，也是杭州海峡两岸经济文化交流促进会副会长，他知道交流才是交融和进步的有效渠道。"这些年大陆和台湾的关系日趋紧密，我们都能看到感受到。"他奔走于两岸之间，推动民间交往，只是希望在可能的情况下去争取最大的进步。而做这一切，没有收益，只有付出，但周鲍华一直在坚持，坚持的背后，依然是妻子孙玮的默默支持。孙玮说，"先生能致力于两岸交流交往，为两岸关系和平发展做事情，我没有任何理由去阻止，一点一点的成果累积起来，让更多的两岸基层民众增进了解，是一件很有意义的事情，我会一直支持他做下去。"

　　目前，"两岸邻里节"在浙江省台办的大力支持下，浙江全省各市县都陆续开办了"两岸邻里节"，这扩大了范围加大了交往面，对未来两岸关系的正面发展注入了一种动力。

两岸一家亲

台湾新郎　倪崇人

大陆新娘　左静文

婚姻需要爱情之外的另一种纽带，最强韧的一种，不是孩子，不是金钱，而是关于精神的共同成长，是一种伙伴的关系。在彼此最无助和软弱的时候，在最沮丧和落魄的时候，有他托起你的下巴，扳直你的脊梁，命令你坚强，并陪伴在你左右，共同承受命运。那时候，彼此之间的感情除了爱，还有肝胆相照的义气，不离不弃的默契，以及刻骨铭心的恩情——

为你，改变生命的跑道也可以

与倪崇人和左静文夫妇相识，过程巧合得很。

朋友出门吃饭，在一家台湾人开的饭店里，听出老板的台湾口音，交谈中不仅知道了老板倪崇人是台湾人，也得知他是一位标准的北京女婿，几年前来北京创业，不仅经营这家饭店，主要的还是在做台湾饮品草本集品牌的北京代理。细心的朋友留下了倪先生的电话，想要他接受我的采访，热情的他立马答应了。在拨通电话之前，还在心里打鼓会不会顺利的我，在电话拨通的那一刻，顾虑便被打消了，倪先生话语间透露着热情的欢迎，并将太太静文的电话也一并给了我，说太太也很欢迎我。

约好了时间地点，谁知那天天公不作美。刚出发没多久，倾盆大雨携着冰雹从天而降，一度想可能今天的采访要泡汤了，路况不好，迟到是一件很没礼貌的事情，或许还会影响到别人的心情呢。还好还好，紧赶慢赶，没有误点，如期见到了倪先生，一眼便认出了他。此时的他正在店里跟客户谈事情，店员很热情地招呼我稍等，老板娘也被堵在路上了，趁着这个空隙，仔细打量眼前这家饮品店，店虽不大，但装修用心精致，清新感扑面袭来，即使外面下着雨，店里还是很干净。在建外SOHO，类似的饮品店很多，但如此别具一格，有自己故事的店面还真不多。

"我一直在想等我们的孩子长大了，我一定要跟他讲我和他爸爸的故事，我觉得我们的故事一定能够写成一本厚厚的书。"静文见到我的第一句话，如此说道。

我们像是多年未见的老朋友。眼前的这位大陆新娘，自信、干练、美丽！与她交谈的整个过程，直感过瘾，她会说、会表达，她将自己对先生倪崇人的感情表达得淋漓尽致，我数次被她感动，被他们的爱情故事、创业故事深深打动。

工作结缘

2000年，北京姑娘左静文刚刚大学毕业，在一家证券公司做文秘，可是没做多久，觉得公司环境太压抑的她，决定辞掉工作，重新换个环境。

"当时就投现在这家公司简历。做销售也是机缘巧合，本来简历是想应聘文秘。当时公司说非常想要你，但秘书已经招满了，不然你就先去销售部，如果这边有空缺再调你回来，当时想着大公司嘛，非常大的德国药企，没舍得走，就这样做销售做了半年，没想到一干就爱上了，对销售有感觉了，就一直做了。也是因为我的坚持，才有机会在日后认识我的先生。"

左静文回忆和先生的相识经历时说，"我们完全是因为工作关系认识的，虽然我们不在一个地方，但在同一家公司。我是北京地区的销售经理，他是台湾地区的总经理。在开一些亚太会议的时候，公司会邀请一些级别较低的经理跟级别较高的经理在一起参加，我就属于级别较低的，所以经常会在亚太会议上碰面。当时还觉得他的名字很怪，在外企很少有人叫你的中文名字，况且他的名字也很难记，很多人记不住，但我记住了，他很奇怪。慢慢地，就有了交集"。

2003年，有了交集的两个人潜意识里的互动开始多了。因为业务的关系，公司会邀请台湾的医生到大陆来，分享经验，帮助台湾很多的医生到大陆来跟一些医院建立联系；大陆医院的医生到台湾参观，学习他们先进的医疗经验。因为想见左静文一面，每次带台湾医院的医生团队过来，倪崇人都一定会来，因为知道一定都是静文接待。左静文甜蜜地说，"有些时候不需要他亲自来的，他也一定会来，有点假公济私的味道。哈哈"。

时间长了，对倪崇人的印象就深刻了。"刚认识他的时候，他刚到那个公司，当时总公司刚在台湾设立了一个分公司，只有4个人，他从只有4个人的分公司扩大到有好几十人，他非常地努力和坚持，只要认定的事就不会轻易改变，台湾的市场基本是从零到有，他从零做到了市场份额在98%左右，这是相当不容易，现在是想都不敢想。"讲起先生在工作上的态度，左静文眼里闪着光，对先生的崇敬发自内心。

工作上接触越来越多，两个人的心也越来越近。

由于城市的距离，见面的机会总不会那么多，隔着那湾浅浅的海峡，两个人想尽了办法。

空中爱恋

倪崇人和左静文恋爱的时候，两岸还没有实现直航，如果没有工作上的事情，想见一面特别难。左静文说，"刚开始是在香港约会，考虑到时间成本，他飞到香港和我飞到香港的时间是差不多的，这样的话彼此能够多见两小时。再后来就是到深圳，一个月一次，最多一个半月飞一次。这个历程是很辛苦的，现在一说起深圳就是很有感情，感觉它见证了我们的爱情一样"。

倪崇人是很会浪漫的人，恋爱时候的聚少离多，让两个人的回忆里是满满的都是甜蜜，因为相聚的时间短，根本没有吵架的机会，彼此有不高兴的地方都会马上忘掉。

"平时我们都不舍得去吵架，虽然触摸不到对方，但是能感觉到对方，平时视频的时候，他看什么我看什么，他租个片子我也看相同的片子，看完之后讨论剧情，那段时间精神上的交流特别多，大家都在努力说话，我们工作上又有交集，他是从更高的点在看，我是把握着比较基层的东西，我们就会有很好的互动，这个事情你会怎么看，这个如果是你你会怎么做，今天遇到什么特别的事情彼此都会急着说，去交流。到了周六周末集体打扫卫生，他在他那边，我在我这边，两个人就是泡碗面，还要彼此秀一秀，你今天吃什么，我今天吃什么，虽然隔着屏幕，但是彼此的生活是非常贴近的，那种感觉特别美好。特别美好。"左静文强调，而我，深深读懂了她的这份美好，因为爱情，距离就不是距离，因为爱情，两个身处两地的人在灵魂上有了更多的交流。

这样的空中爱恋持续了两年多，距离反而将两个人的灵魂拉得越来越近。两年多的时间发生了很多感人的事儿。2009年新年，左静文是在台湾陪着倪崇人一起过的。倪崇人的浪漫气质又一次让左静文不知道该怎么反应。台湾的传统是新年要去 101 大楼看烟火,在哪儿看效果最佳,静文没去之前倪崇人就"踩好点"了。"没想到那天他提前买好了向我求婚的戒指,我们看烟火的时候,他悄悄把戒指放到我大衣兜里了,把盒子放到我另一个口袋里。烟火散了以后,我发现兜里鼓鼓的,拿出来一看,特高兴,结果打开一看是个空盒,我还傻傻地问,我的戒指呢?他说,你怎么那么不浪漫呢?而我的反应把自己也逗乐了。是啊,我怎么那么不浪漫呢?哈哈哈。"讲起这段,左静文笑得特别开心,幸福感不言而喻。

"先生是比较坚持的人,认定的事儿是不会改变的。我是很理智的,要去台湾,我就有很多顾虑,比如自己之前一直都是经济自主,没工作了怎么办?在那边要怎么安排我的生活?日子能不能过得很好?我又是独生子女,爸妈需要我在身边,想到特别多的事儿。先生就悄悄把这些事都做了,在台湾办好了所有手续,来了就结婚来了,领证之前我们也有好好聊,他问我有什么顾虑,就拿笔记,我说了快 20 多条,他就一条条解决,显然有备而来,打消了我所有的顾虑,直到现在,我也觉得他做得非常好。我知道这个好的背后也有很多的辛苦,很多要克服的东西。

两个人真要在一起,需要克服的东西太多。跟恋爱不一样,生活的每个小细节两个人都要相互习惯和适应。独自生活很长时间了,突然有另外一个人来,真的生活到一块,肯定会有一些细节的冲突。对于左静文而言,在大陆的事业是被认同的,突然到了一个陌生的环境,之前所有的努力都不被认同了,整个人都要从主动变成被动。

"当初就怕自己克服不了这一块。去台湾生活真的是鼓足很大勇气,也在自己安慰自己,人生要都一样也挺没意思的,试试吧,主要还是觉得人很难得,如果错过就错过去了,这种错过如果是自己主动放弃的,可能会后悔一辈子,在缘分没尽的时候因为地域的关系阻断它的话,会很遗憾。就想哪怕前面是悬崖,也要跟他一起走,就这样,眼一闭就跳了。"

2009 年的 9 月 9 日,这个永恒的久久的日子,倪崇人和左静文领取了结婚证,两个人就这样定了终身。

美满婚姻

在大陆办完证后，左静文随他来到台湾过起了全职太太的生活，日子温馨快乐。

结婚前所有的顾虑都烟消云散，倪崇人给了左静文最浪漫的新婚生活。那段时光让左静文至今回想起来都幸福洋溢。

"结婚以后我们住在台北，我们家有一个很大的露台，但当时露台上种的花都不好，我想好好整理整理，找了几家园艺公司，报价都很贵，我就想自己来吧，到园艺市场去弄花苗、种子，趁着他出差的机会，把各种花儿都种上了，先生回来以后就特感动。

"我记得那个时候买的桂花有一米多高，等开花的季节，门一开，花儿的香味扑鼻而来，他特别开心，对着那些花儿又拍照又录影，花儿跟地毯一样铺满整个露台，四季柠檬、玉堂春、桂花都是我亲手种的，玉堂春的花期特别短，五月开花，只开一个星期，花儿很香，每天早上他很早起，因为自己没上班，有时候会晚起，他一定会采一朵花儿，放在我的枕头边上，伴着花香唤醒我的，是他浓浓的爱，我很享受，享受到我都不忍心睡懒觉，一定要起来回应他的浪漫……

"也是从那个时候，我开始学做饭、调酒、烘焙、泡咖啡等等各种我感兴趣的项目，先生就是我的小白鼠，今天学做什么，晚上肯定就吃什么……在台湾的那段日子，过得真的是很快乐，可以用美满来形容吧，没觉得时间过得比较漫长，每天在家把屋子收拾干净，饭做好等他回家，一起吃一顿浪漫的烛光晚餐……"

……

嫁夫如此，还有何求？

虽然在台湾一直做着全职太太，但关键时候，左静文在大陆的工作关系还帮了倪崇人家人的大忙。

2011年，左静文还在孕期。临近春节，父母去台湾探亲，先生的姨妈非常盛情地邀请他们去台中。"那天我们都在路上了，早上他的哥哥还给我们打电话问到哪儿了，快到的时候他哥哥却又打了个电话说你们别来了，说我妈不舒服，晕倒了，去医院了，我们直接就赶到了医院，到了医院以后我们也没有多想。没想到的是，没有一个礼拜，姨妈就被通知病危了，是急性肝炎，要么就换肝，要么就没有了这个人。

"那个时候我都快生了，都9个多月了，家里人到处都在联系换肝的事情，台湾又没有合适的肾源。最后表哥说他来换肝给他妈，但是表哥过敏，整个人休克，差点没了，最后查出来是手套过敏。没办法了，家人问我在北京能不能找找，我觉得是不可能的，但抱着试一试的心理，我就给301医院肝胆外科的主任打了电话，因为工作时建立的联系，关系还不错。我就跟主任说了这样的事情，非常巧，主任说你明天来吧，明天到就有，明天不到就没了，这边刚好有一个AB血型的肝。当时打电话的时候已经是晚上九点半了，让明天中午到，我自己都觉得不可能的事情，都想放弃了，但是先生却是一个不放弃的人，连夜跟医生沟通病情，确定手术可以做，夜里11点多，联系机场塔台，包机。

2011年1月6日早上8时，姨妈戴着呼吸机被送上了医疗包机，飞机从台北起飞，途经南京加油，飞越数千公里，当天下午1时30分抵达北京。深度昏迷的姨妈被紧急接到北京，4个小时后，医院专家组就连夜为其进行了急诊肝移植手术。在手术室里，一共有10多名医护人员共同完成这场生命接力，挽救了姨妈的生命。这件事情在当时也是很有影响力的，很多媒体争相报道。"

想起这段往事，左静文很感慨，"其实两岸真的是血脉相连，如果当初不到大陆来，不拼一拼，或许姨妈就不在了，但是现在，姨妈的生命还在延续，多好"。

夫妻同心

伴随着孩子的出生，家里有了更多的乐趣。作为家里的独女，老人对孙子的想念与日俱增。左静文说，"儿子刚过一百天，他就像个行李一样

被我抱来抱去，很皮实，爷爷奶奶那个时候也还健在，我们的旅程不是北京就是嘉义。想想他还是很幸福的，被那么多人爱着"。

而倪崇人依然在为工作忙碌着。工作越来越辛苦，摊子也越来越大，历来都是打江山容易守江山难，尤其是在外资公司，你所取得的成绩不是看市场的占有率，而是增长速度。"已经做到98%的占有率了，但公司还是要求每年要有20%的增长，这对他来说真的很困难，压力让他心力憔悴。我也很心疼。"谈起为何放弃台湾的事业来到大陆，左静文说。

"其实更主要还是为了我，他觉得我在台湾没有太多朋友，会有些孤单。老给北京的朋友打电话，他知道我思乡心切。而且他在这个职位上做了10年了，从个人阅历和经济实力都有一定的能力了，他也想做一些自己喜欢做的事情，虽然一开始还没想到自己要做什么，只是想变换一个人生的跑道。只有浪漫气质的人才会有这个想法。放弃之前的所有，从零起步，这需要很大的勇气。"左静文说。

"原来先生对北京是蜻蜓点水般不太了解，也没想好要做什么。聊天的时候他问我想做什么，没想到我随口的一句话，决定了我们的发展方向。2007年的时候北京还没有这种饮品店，台湾已经很多了，我就想这要是开到北京来多好，北京又缺水，夏天那么热，冬天那么冷，夏天来杯冷的，冬天来杯热的，我就说不然咱们就干这个吧，正好我也学过。但真要做起来，心里还是很没底的，还需要有人来指导。挑来挑去，最后决定加盟台湾的一个品牌草本集。"左静文继续道。

2012年，倪崇人带着妻子孩子，毅然离开台湾，来到北京，开始他人生中新的旅程。一开始是不顺利的，辛苦也是常人难以理解的，面对生理跟心理的双重挑战，倪崇人的适应期一直持续到现在。

"来北京之后，能体会他很多的不易，情绪上很压抑，他没有朋友，我们每天在一起，没有距离了，有些时候工作上的事控制不了就发脾气，其实我也是很委屈的，但一想到他是为你来北京了，到了你的家乡，所有的委屈都不能委屈，所有的抱怨都不能抱怨。过后他也会找原因，自己的情绪怎么出问题了，找另外一个方式来道歉，他不会说这件事情是我不对，但是你能感觉到他的歉意和示好。我就觉得他真的很不容易，他是那么一个有要求的人，为了你，改变了自己的人生，改变的过程，真的是很疼的，虽然我觉得很多东西都是相互的，他疼的时候我一定也疼，他高兴的时候我也高兴。慢慢就学会了自己的情绪自我消化，不能他爆发了你也爆发，想想他从原来的一人指挥千军万马，到现在的千军万马一人，任何事情都要亲力亲为，就好不忍心，我要呵护他才是。"讲起先生的不易，左静文眼里流露的，是真真的心疼。

对于现在两个人共同的事业，左静文说，"当初的想法就是开家小店轻松一些就够了，但是先生不是，他的企图心还挺大的。他说一家店是不够的，是不能养活我们的，怎么也要开放加盟，现在在北京已经有 8 家加盟店了。我希望这个品牌能越做越大，加盟的人越来越多，做到比台湾更大。接下来也有自己的计划，也许会做自己的品牌；也许会把大陆的东西带到台湾。总之一句话：有了目标，把过程走好了就好"。

两岸一家亲

台湾新郎 彭子郡

大陆新娘 何 琳

"我是一名中医大夫，目前在为祖国的养老事业尽一份力，对我来说，努力挣钱让家人吃饱饭是最重要的，然后在事业跟家庭之间取得平衡是我目前重中之重的目标——"

因为有她，我才能无后顾之忧地拼搏

　　结识彭子郡和何琳小俩口，源于朋友王裕庆的朋友慈瑄，王裕庆也是在大陆读书的台生博士，他本人也是两岸婚姻，是河南的女婿。因他的乐于助人，今天我们才能与读者一起，分享彭子郡和何琳这对刚新婚不久的两岸婚姻小夫妻甜腻的爱情故事。

与大陆奇妙的缘分

　　新郎彭子郡是台湾台中人，用妻子何琳的话说，专注、认真、有计划，让人感到安全而踏实。虽然是理科生，但并不只有理性思维，也有细腻、感性的一面。新娘何琳是黑龙江人，传承了东北人个性开朗豪迈的特点，长相却甜美可人。两个人的结合，自然而然，水到渠成。温情的故事每天都在发生，婚姻的小船也在爱情的海洋里恣意遨游……

　　2009 年，24 岁的彭子郡来到大陆，在北京中医药大学学习中医。之所以会选择来大陆学中医，子郡说其实自己与大陆颇有渊源，"我在台湾学的是西医检验学专业，对于医学理论其实不陌生，而踏入中医的领域一方面是自己对中医学的理论感兴趣，另一方面还是受到家人的影响。我干爹在 1949 年随国民党到的台湾，他祖籍是吉林，本身也是一名中医大夫。所以，我从小受到熏陶，不仅是对中医的兴趣，还有对大陆的向往"。

赴大陆读书很顺利，因为有家人的全力支持。毕业之后，子郡也如愿留在北京工作，做了一名中医大夫。

2016 年初的一天，月老将爱情的红线悄悄交给了子郡的同事。子郡的同事是何琳的闺蜜，子郡回忆说："我和现在的妻子当初有机会认识，还得感谢我的同事，在她的生日会上，我认识了她的闺蜜何琳。这是一种奇妙的缘分，那一天我们聊的特别投机。我觉得一个女孩子在北京工作挺不容易的，很佩服她，离别时，心里竟还有种心疼和不舍……"

人海中幸运地找到了你

就这样，走进子郡心里的何琳再也没能从他的心里移出来。接下来的日子，子郡开始找各种理由约何琳出来。1985 年出生的子郡与何琳相差7 岁，原以为 7 岁会有一些年龄差距的代沟，但相处之后，子郡发现，以前大陆的娱乐文化受到台湾的影响会延迟几年，所以明明是自己小时候接触过的卡通碰巧正是何琳小时候知道的，所以沟通起来也没发现有什么隔阂感。诸如此类的原因让子郡想更接近、了解这个个性开朗又很小鸟依人的小姑娘。

而何琳回忆起与子郡相处时的种种细节，一如既往的甜蜜。"我们谈恋爱的时候，一个住在望京，一个住在西城，每次都是跨过了大半个北京城才相见。有一次我们约在五道口，是之前子郡说要带我走遍整个北京的计划的第一站，说要带我见识见识宇宙的中心。我们吃饭、看电影、压马路，然后他送我去地铁站。不知道哪里来的那么多话，我们在地铁站聊到了夜里 11 点，末班车只能坐到北京西站。在离子郡回家十几分钟路程的地方，他硬是要叫车把我送回去，而这来回要两个多小时的路程。他说既然带我出来了，就要送我回去。站在凌晨的马路上，我开始觉得他和我认识的其他人不一样，心里更坚定了自己的选择。最重要的是，他的专注认真、有

计划让我这个随性的人感到安全而踏实。虽然是理科生，但他并不只有理性思维，也有细腻、感性的一面，对许多文学作品都有自己独特的见解，而且他唱歌时，不仅是歌声，整个人都让人沉醉……"

何琳还说，她和子郡很少有争执，一般也都是会迁就着对方或是彼此沟通，"我们两个都不是言辞激烈的人，遇到对方让自己不开心的事，也大多放在心里，想着要理解要包容，过段时间，过去了也就好了"。

一直觉得，大多数的爱情不需要太多时间的考验，两个心有灵犀的人，很快就能了解彼此、欣赏彼此、包容彼此。他俩就是这样的一对。

随着交往的深入，彭子郡愈发喜欢何琳。子郡说："何琳的性格很好，很有感染力，再加上她很孝顺，对家里人都非常关心，这是吸引我的地方。我们认识了一年左右便结婚了，2016 年初到 2016 年底。说是闪婚也不是太快，但是我们都有一个共同的感觉，就是好像彼此已经认识了很久很久。牵手走进婚姻殿堂，是我们得到所有人祝福之后最美的决定。"

碰撞出美好的生活交响曲

家里人对于彭子郡和何琳的结合都抱持着祝福的态度，虽然还有一些两岸婚姻需要面临的一些问题，两个人都很积极地面对。

"虽然现在还没有在北京买房，但我的岳父母很谅解我、也很支持我，他们认为物质上的东西可以两个人一起奋斗得来，而彼此感情的基础要比物质基础重要得许多，这让我很感动。"彭子郡说，双方家人的理解和支持，是他们最大的生活动力。

生活上，子郡说自己属于比较磨磨叽叽的性格，对事情需要琢磨许久，往往在做决定的时候会再三斟酌，很容易失去先机。这一点妻子何琳正好和他互补，何琳对于事情的处理雷厉风行，快刀斩乱麻，生活中一些琐碎的事情她都可以处理的井然有序。子郡说，"虽然有时候我会因为她太过'莽撞'而生气，她也会因为我的'犹豫不决'而恼火，但其实我觉得正好是因为个性上的一快一慢，双方恰好弥补了彼此的不足。而在跟彼此朋友之间的相处上，我们都是属于慢熟型的人，虽然说不是那么容易交心，但是却能跟朋友相处得长久"。

子郡说，"饮食差异肯定是存在的，网络上所说的甜咸豆花、甜咸粽子的争论基本上在我们家时常发生，我做菜的时候喜欢放糖，而她总觉得盐少了，我喜欢煲汤，而她觉得喝汤没劲，对我来说火锅必备调料是沙茶酱，而对她而言麻酱才是一切。这样的矛盾每天都会发生，再加上我们两个对吃的方面都很讲究，因此一言不合，爱情的小船说摇就摇。不过呢，有浪花碰撞才会有碰撞后激发出不一样的浪花。好在我们日常生活中涉猎的饮食种类繁多，从南到北皆有，彼此不合时，我们就换一种。而这也算是一个不一样的收获吧"。

让子郡印象很深刻的一件事，是两个人在一起生活后因为习惯问题的第一次吵架。子郡回忆说，"那时候我俩还跟别人分租一间房子，共用着厨房，平常她习惯将从早用过的餐具放在水槽里等晚上一并洗掉。我下班回到家时发现水槽上的碗盘时便有点生气，然后就径自将碗盘给洗了。她回来发现后反而生气了，觉得我不尊重她，我也恼火，觉得我都把碗洗了还不行吗？然后彼此就闹脾气。还有一次是煮饭，我们彼此都会做菜，有时候一起准备食材，一起做饭，这时候又发现了彼此对于食材的做法有区别，我加盐加的晚，她喜欢一开始就放盐，诸如此类的'差别'。后来，我就'从善如流'，识趣的远离厨房，从此以后她煮饭，我洗碗就是一个标准流程，矛盾就很少出现啦"。

希望两岸和睦携手前行

子郡的家人都在台湾，平时一年也就回去一两次，目前子郡还是打算待在大陆打拼一段时间。"我的家人也很支持我们，给予我们很多鼓励和帮助，现在两岸往来其实很方便，我的父母每年也会过来一趟，一是团聚二是旅游，而我妻子跟我家人也处得挺好的，彼此之间还在相互熟悉的阶段。"子郡说。

"我觉得两岸的差距是来自于价值观的不同，来自于生活型态的不同，而现在随着两岸文化交流越来越密集，彼此之间的差距也会越来越小，相互包容面也会越来越大，虽说在一些法规上还有一些隔阂（比如说我在大陆领了结婚证后，回台湾还得再去登记），但是相信两岸中国人最终都能有智慧去解决。因为，两岸同胞的心是相连的，都在朝向一个实现中华民族伟大复兴中国梦的目标迈进。尽管现今台湾当局的不作为，可我相信，那是不长远的。"

　　"我是一名中医大夫，目前在为祖国的养老事业尽一份力，对我来说，努力挣钱让家人吃饱饭是最重要的，然后在事业跟家庭之间取得平衡是我目前重中之重的目标，我的妻子扮演着持家的角色，有她在我才能无后顾之忧的拼搏，也是她让我感受到家庭的温暖与支持。"

　　对于妻子的付出，子郡很感动，这种幸福感也一直激励着他为他们将来的生活努力拼搏。

　　说起将来的打算，子郡也讲出了他的困惑。"因为我是学医的，所以有些话我想要呼吁一下，随着两岸彼此之间的开放，人才的互通有无，对彼此学历的认可是一个问题，近年来台湾已经承认部分大学院校的学历。很可惜的是，对于医事学历的承认却止步不前，这让我们这些在大陆的台生没有办法将所学回馈家乡父老，也没办法在台湾安家落户，医疗是一项基础建设产业，跟衣食住行产业一样缺一不可，而我现在在北京一家养老产业担任医疗主任，我同样希望能够把我学习到的先进知识带回去，我的家在台湾，我希望能够为家乡土地尽一份自己的力量。为此，希望台湾当局能尽快的讨论出医事学历认证的管道，让我这些在外奋斗的医学产业人才能够回到家乡，并为家乡努力。"

　　第二部《两岸一家亲》专栏作品集带着油墨馨香终于与大家见面了。我知道，这份喜悦是全国台联给予的，是属于《台声》的。我，依然还是当初的那个"小荷"，除了年岁，一切都归功于我的《台声》同仁们。

　　从第一部到第二部，时间跨了4个年头，不算长，可于我却得到了仿佛需要40年才能得到的"历练"。在采访每一对两岸婚姻对象中，他们的故事总是十分感人，始终充满正能量，他们的结合不是简单意义上的恋爱婚姻家庭育子，而是时时处处都与祖国的和平统一大业相关连。就这一点，每每都让我感动得泪沾衣襟。由此，也是冥冥之中，我也将我的爱情婚姻与两岸婚姻群体相关连——我的他也是一位祖籍台湾人。

　　感谢全国台联会长汪毅夫、党组书记苏辉，副会长陈杰、纪斌、杨毅周，特别是苏书记在百忙之中为本书作序；感谢华艺出版社社长石永奇、编辑郑再帅；感谢台声杂志社领导及各位同仁，特别是美术编辑林超为本书的排版设计；感谢每一期能够接受我采访的两岸婚姻家庭、每一位采访结束后能成为好友的采访对象；感谢为此栏目付出过辛劳的记者编辑、无形鞭策我的每一位新交故友。我将依旧带着感恩于心的状态，不忘初心、继续前行。

　　由于能力和水平有限，如有不当不妥之处还请谅解海涵。

作者

2017 年于黑龙江差旅中